Miss *爱+时光

# 他的孤单与她的寂寞

AZURE 著

我一直以为我们是别人口中所谓的“命中注定”——
不管绕到哪里，最后还是会碰到对方的那种**命·中·注·定**……

海峡出版发行集团 | 海峡文艺出版社
THE STRAITS PUBLISHING & DISTRIBUTING GROUP | Haixia Literature & Art Publishing House

**图书在版编目（CIP）数据**

他的孤单与她的寂寞 /AZURE著. —福州:海峡文艺出版社，2012.12
ISBN 978-7-80719-933-5

Ⅰ.①他… Ⅱ.①A… Ⅲ.①言情小说－中国－当代
Ⅳ. ①I247.5

中国版本图书馆CIP数据核字（2012）第279158号



**他的孤单与她的寂寞**

---

**作　　者** AZURE
**总 策 划** 贺鹏飞
**策　　划** 陈绍敏
**责任编辑** 王顿顿
**特约编辑** 王晨光
**出版发行** 海峡出版发行集团
海峡文艺出版社
**经　　销** 福建新华发行（集团）有限责任公司
**社　　址** 福州市东水路76号14层　**邮编** 350001
**发 行 部** 0591-87536797
**印　　刷** 三河市祥达印装厂
**印厂厂址** 河北省三河市杨庄镇杨庄村　**邮编** 065299
**开　　本** 640毫米×960毫米　1/16
**字　　数** 118千字
**印　　张** 13.25
**版　　次** 2013年2月 第1版
**印　　次** 2013年2月 第1次印刷
**书　　号** ISBN 978-7-80719-933-5
**定　　价** 23.80元

---

# 目　录

# Chapter 1

**这是，他的故事。**

丁零零——

吵人的闹钟声刺耳地响着，我迷迷糊糊地一把将闹钟给拍掉，不小心砸到了自己的头……

“啊！”我几乎是痛得瞬间跳起来。

瞥了那个讨人厌的闹钟一眼，我无奈地叹口气。

又是新的一天了。

发现，天气好像真的变冷了。嗯，昨天气象报告在讲，冷气团已经来了。

好冷啊……好冷。

我忍不住地在被窝里稍微瑟缩一下。

这才想起来我今天休假这件事。“唉，昨天忘了关闹钟了……怎么搞的……”

我都在想什么啊，已经被吵醒，再去睡回笼觉也睡不着了。

我随手拿起了烟，点上。

在这间仅仅三十平方米大的小套房里，一个人住了半年多了。明明是这么小的空间，我却老是觉得空虚。

是啊，是因为少了什么的关系吧。

啪嚓。

我把烟放在烟灰缸上，开启电风扇，就这么看着那电风扇左右来回地转着——明明已经很冷了，我却还是改不了这个一烦躁就想看着电风扇发呆的习惯。

“真是无聊的一天啊……”

呆坐在地上，眼睛无神地随着电风扇转动，我呢喃。

早上九点，在发呆了一个多小时后，我搔了搔头，不甘心地站起身——该是出去走走的时候了。

拿起书桌上的笔记本和一本外文书。我的工作其实是加油站的一名小员工，做了半年多了，不好也不坏，生活过得去，还付得起这间套房的房租。

只是，偶尔还是会有以前的朋友，来拜托我帮忙翻译英文的原文书。

那些都是现在在出版社工作的大学同学，虽然他们几次三番要我去那里工作，可是我不想。

就是不想。

他们有时会拿一些书来要我翻译，我会视心情决定要不要接，毕竟我不缺钱，所以接不接都无所谓。

他们总说我变了，变了好多。

我每次听到这种话都是一笑置之，并且说道："有谁不会变呢？"

但是他们说，我变的不是个性不是人生观，我变的是灵魂，说我的灵魂好像忽然少了些什么。

我又笑了，那时的我听到的时候。

我说他们怎么说得这么文绉绉，不会是出版社待太久了吧，哪有人会感觉得出来人的灵魂有没有少些什么的。

我笑，却笑得好虚伪。

被说中了吗？也许吧。

只是又说得不太对，我没有少了什么，我是多了一份在等待的灵魂而已。

等待。

好像我接下来的大半人生只剩下这个目标而已。等待。

每天一个人吃饭、一个人散步地等待，每天一直对着家里那扇门等待……有的时候我甚至会记不清楚我在等待什么。

等待谁?

走出了租住的套房，我站在马路边，为了自己突然想到的这个问题而迟疑脚步。

不要太仔细地去说那个人是谁比较好，因为这很有可能让我好不容易冷静的情绪，又因此变得支离破碎。

很懦弱吧？懦弱得都不像个男人了。

一路散步到家附近的公园，这是我每天外出的唯一地点，因为这是以前我和她最常来的地方。

某个她。

我总是想有一天我们会在这里重逢也说不定。

只是，重逢的事情还没发生，每天除了上班的时间外呆坐在这里，我反而看见了更多遗憾的故事。

无论是什么，总之都让我的心情更不好了。

可是偏偏，那些人仿佛知道我每天都出现似的，总是会坐在我旁边，像在跟我诉说，又像在自言自语，说着他和她或她和他的故事。

寂寞。

这是我每次听完之后的结论，好寂寞的爱情。

为什么爱得这么寂寞，人们却老是不懂得放手？

就像我，就像他们。

拿着要翻译的书，我在我的老位子坐下。今天是周六，不到中午就有许多小朋友在旁边玩着秋千，笑得好开心。

每次，只要听见孩童们的笑声，连我自己都忍不住笑了，我想，这就是天真无邪的力量吧。

坐好后，从口袋拿出了 MP4，戴上耳机，听着里面仅有的两张专辑的歌曲，阿桑的歌曲。不变的歌曲。

还是很喜欢她的声音，即便她早已去世，她的声音，还是历久不衰地一直残留在我的记忆里。

“**保存了记忆的歌**。”她总这么说。

但我说——这是保存了寂寞的歌。

正当我翻开了外文书的第一章，才看到第二行时，一个女声缓缓传来。她在我旁边的空位坐下。

“可以……听我说说话吗？拜托，听我说一说就好……”

又是这种，几乎溺水的求救信号。

我没有抬头，也没有回应，只是停下了笔，目光看向那群在荡着秋千的孩子们。

我知道这个女生是谁，因为她已经不止一次在这个公园，在我旁边的空位静静坐下，然后默默掉眼泪。

遇到好几次了吧，我想。当然每次我都是选择假装没看见。

真是……怎么每次都有人在我旁边自言自语啊！难不成我这里挂着“免费心理辅导师，欢迎说出你的烦恼”的牌子吗?

不解，不懂。

但有个朋友说，这叫作物以类聚。

当你身上某个能量太强的时候，总是会吸引那类能量的人。

什么能量？我那时问。

他浅浅一笑，说：“你很清楚不是吗？”我真想揍他。

用力地叹口气，我摇了摇头，那女人看见了，竟然以为我在跟她说可以开始了，便用着些微哽咽的声音，缓缓地自言自语起来：

“很累了……真的真的很累了……我累得快支撑不下去了。”

这是她悲伤的开头，我深深吸了口气，其实我大可不必听直接走人的，可是不知道为什么，我却没有这么做。

真的是物以类聚吗?

“很好笑，真的。我跟他前前后后在一起有四年吧，而三年的时间他都在牢里。第一年我们根本不算在一起，算是暧昧，又比暧昧还多，只是我们一直都没说破这层关系，直到他被关了，我跟他莫名地成为彼此的心灵支柱。我开始每天期待着信箱，在这么现代的社会里，我跟他竟然是用书信来谈一段感情的，不可思议吧?

“可是，这三年来，他真的完完全全成了我活下去的一个力量，成为我度过任何不愉快的力量。

“三个月前他终于回归正常社会，我以为这就是幸福了，我以为我们可以不用再谈那种柏拉图式的恋爱了……我真的这样以为。

“这一个星期，我真的不知道怎么过的……好累……突然发生了好多好多事，他有别的女人了，且对方是曾经跟他交往了七年的女朋友，直到他快要去牢里时才分手的……

“唉……听说他一出来没多久就跟对方和好了，可是，我居然这么久才发现，他一直说给他时间处理、给他时间……只是我不懂，如果不爱了，为什么不放我走？你知道吗？当我上星期去他家，看见那女人的东西在他房间，当他妈妈摆明了要我识相点退出的时候……

“多难堪。

“难堪……真的好难堪……过去的我们不管再怎么失去联系都会又连在一起的……过去……哈，说到这个真好笑，那时我跟他暧昧的时候，他还没跟他前女友分手呢……

“所以……所以我是报应吧……是吧……但是……我真的只是想，想问问他现在到底还爱不爱我而已呀……为什么他们都不给我一个说话的机会呢？……为什么他们要一口气夺走了我的全部呢？……至少……至少给我一个……”

她说不下去了。

因为她已经哭到快喘不过气来了，一直抽噎着，而我俨然就是个把女朋友弄哭的糟男人。

但是，刚刚她说到最后的时候，很久之前有人说过的一句话又浮现了……讨厌地浮现。

**你知道，缘分是什么吗?**

缘分。

这两个字又冒出来了。

这大概是我除了等待之外，会做的事情吧——找“缘分”的意义是什么。

如果一个人跟一个人之间不再有缘分，是否就再也见不到面了呢?这样有点残酷，我希望这不是最后的答案。

所以我找、我听，听别人的故事，试着从那些支离破碎的言语中，期盼听到一个不一样且令人微笑的答案。

只是我还没找到，太难找。

就像我等的人、旁边这位女人等的人，都太难等了。

**你在哪里?**

**等了第一百九十二天的我，问。**

**这是，她的故事。**

“阿嚏！”在厨房，我忍不住地打了个超大的喷嚏，把旁边的同事们都给吓了一跳！

“小祈，你感冒啦？”恩宁关心地说道，她一直很照顾我，是这家机场咖啡厅的店长，同时也是我的好朋友，一个了解我所有秘密的好朋友。

“没有啦，应该是天气突然变冷的关系，有点过敏。”我挥了挥手，赶紧把客人要的咖啡跟小蛋糕给端出去，走下两个台阶，来到吸烟区，在我轻轻放好咖啡时，眼前的飞机跑道正巧有一架飞机缓缓升空了。

忍不住地，我又停下了所有的动作。

一年半了吧，我在这里工作的时间。

会来这里工作的原因很简单，因为这里可以看得到飞机，可以看到大大小小的飞机升起降落。

只是，我仍然改不了每次都会多停留地看一眼升空或降落的飞机的习惯。

“你也有等的人在飞机上？”旁边一位女客人忽然说道。她手上夹着一根女士烟，年纪看起来不大，顶多大我个几岁，差不多二十七八，可透露出的气息，却好像很沧桑了。

“啊？”

“你刚刚的眼神，就是在这么说。”

“……算是吧。”我浅浅一笑，用着很淡的口气说，好像用这种口气，就可以掩饰所有的一切一样。

“好傻，不会回来的人，你怎么等也不会回来了……”

“请慢用。”我鞠了个躬，转身就要离开。

“等等，有空可以帮我留意一下吗？”

“嗯？”我转过头看着她。

只见她拿出一张照片，是一张两人的合照，看起来非常幸福的合照。

“我男朋友，半年多之前说要去美国出差，就没回来了，他就快错过我们的婚期了……他之前很喜欢来这里，常常坐这个位子，你如果有看到的话，可以帮我提醒他一下吗？说……婚礼会如期举行，而我，会一直等到他来为止。可以吗？”

听她说着跟刚刚完全自相矛盾的话，可我却无法说些什么，因为她眼底的悲伤太清楚了。

清楚到好像会反映出我自己一样，我迅速地点了点头，转身就跑回吧台，用一种几乎是逃跑的姿态，好像这样逃，我就可以逃离那个人所释放出来的悲伤般。

“她是不是要你帮忙——若看到她男友时转达一些话？”另一个同事小爱，用一种很无奈的口气说。

我愣愣地点点头。

“不用特别帮她注意了啦。”

“为什么？”

“你才来一年多不知道。她每年这个时候都会出现的，每年出现一次，加上前辈说的年份，她起码来这里五次了。”在这里做了快三年的她说着。

“……”

忽然，我好像知道她会说出什么般，有一点抗拒地不想听，可是双脚却动弹不得。

“她的男朋友早就去世了，飞机失事。”

“……”

“小爱，你们很闲哦，今天这么忙还有时间闲聊啊？”忽然，恩宁的声音传来，“小祈，厕所很脏了，你先去扫一下。”

“哦……”我愣愣地点点头，然后快速地往厕所那里跑。

恩宁一定是发现了，发现我就快哭了……

一个人穿过一条小径奔跑到厕所，我喘着气，那个女人说的话还有小爱说的话，一直在我的脑海里重复着。

“又来了……为什么这里总是有这么多悲伤的事情呢？可以不要吗？可以不要每次都被我听见吗？”

我说得很无力。

只因他们的话总是在逼着我，一次一次地逼我，一次一次地让我去想……想一个人，想一个让我为什么来这里工作的人，想一个……我等了好久好久的人。

"他没有死，他会回来的，他只是因为什么原因耽搁了，他会回来的……"懦弱地，我再一次地反复催眠着自己。

催眠。

只能催眠，只剩下催眠。

不然我真的不知道，该用什么方式活下去。

只是，这个催眠好痛，好痛……痛得眼泪又流了下来。

"我就说，你跟我一样，等一个在飞机上的人吧？"那女人的声音忽然从我背后响起，我吓了一跳！

赶紧擦掉了眼泪，我有点不知所措。

"我……"

"你跟我一样，都是被丢下来的那个，然后只能每天催眠自己：自己没有被丢下，而他有一天也会回来……"

"不要……不要再说了！"我忍不住地提高了音量。

女人却没什么反应，她淡淡地笑道："看见你，真的就像看见我自己……"

"不一样！我跟你不一样！他会回来的，也才去没多久而已，而你呢？你等了这么多年，你自己才应该要明白才对！”像是为了掩饰自己的懦弱，我发现自己的话好锐利，我不想这么讲的……

“我知道啊，我早就明白了，只是每年到了这一天，还是想要骗自己一下，难得的生日嘛……骗自己当礼物不是很好吗？我一开始就明白了，明白……缘分没了，你怎么喊也没用这件事。”

“缘分……”愣愣地，我跟着重复了这句话。

“真傻，早点醒一醒吧，不然，你会被自己的寂寞给吞噬的。”用着云淡风轻的语气，她一说完，便转身走了。

而我，收起了眼泪，默默地刷起厕所。

默默地……默默地流着眼泪。

她不是疯子，就跟我也不是疯子是一样的。

只是，我还是想要相信他会回来这件事。

无论别人怎么说。

“缘分……谁说没了缘分就什么都没了呢？那么我们之前在一起的那一切，又算什么？”

今天，真的很冷，很冷。

水是冰的，风是刺的，言语是痛的。

我不知道我还能撑多久，我只能过一天算一天。即便在这里常常听到一些人的故事，常常让我也跟着他们一起崩溃……我还是不想离开。

因为我知道，我跟他的缘分没有不见，而是一直在这里。

恩宁走进厕所，一脸受不了地说："就知道，你又哭得稀里哗啦的。"她只是擦了擦我脸上的泪，又说："改一改你太容易受人影响的个性吧，不然别人真的会以为你在演哪一出'花系列'呢。"

"还'花系列'咧，你哪个年代的人啊？！"我破涕为笑。

"你看，随便说两句就笑了，情绪起伏还真大。"

"好啦！赶快回你的位子上去啦！我扫完厕所就回去。"恩宁总是这么懂我，我真难想象，要是没有她，我……还能撑到今天吗？

她放下心地走了出去。

我又叹了口气，真的不想老是让旁边的人这么担心自己，可是每一次都还是坚强不起来……

好讨厌这样的自己，好讨厌你。

**你，在哪里？**

**我，还在等你，你知道吗？**

**一直，在等你。**

# Chapter 2

嘀——

打了下班的卡，脱掉了上班时戴的加油站的帽子。

多么平凡的一天。

老实说，到现在我还是不习惯这样的生活，有点不真实——或者该说太真实了，让我很怕睡一觉醒来又变了，又变回那个一直让我害怕的噩梦。

“阿奕，要走了啊？要不要一起去吃东西？”

我上的是早上六点的班，说话的人是我的同事，同一个班的，他叫小威。

此时是下午三点多，刚结完账。老实说，这个时间要我去吃什么我还真不知道。

“这个时间应该没卖什么吃的吧。”

“干吗这样？只是想跟你好好热闹热闹啊！上个月的聚餐你也没来，好孤僻。”

我很讨厌他说话的方式。

只是碍于朋友面子，不得不回答他。

“不了，我不习惯跟人一起吃东西。”

“为什么？你难道都不跟女朋友一起吃饭吗？”天真如小威，他连发问的理由都这么不经大脑。

“因为，她暂时不在这儿，所以我们也很久没有一起吃饭了。”

“……远距离啊？看不出来你这么专情哦！”

“……先走了。”

“等等嘛，我还想跟你多聊一下呢！”

不理会他在我后面追着跑，我快速地跨上摩托车，加上油门就走了。

只是啊，还是忍不住在意起刚刚小威的一句无心之语——“远距离”。

我跟她算吗？算是远距离吗？

如果是，这距离会不会太遥远了？远得连到底还能不能再见面，都是个问题。

回家。

只要一心烦，我就只想回家。

回……那个，我们以前的家。

朋友都说像我这样的男人应该已经绝种了，居然爱着一个见面概率非常小的女人，活在我的记忆里的女人。

虽然每天老是说着要忘了她，却矛盾地刻意住在曾经一起住过的地方，流连在那些曾经一起走过的地方，甚至……痴痴地想着，也许有一天，她会突然开启家里的那扇门，突然地就出现了。

他说，我这种人，真的可以去挑战吉尼斯世界纪录了。绝种的专情男人。

“我是专情吗？这就叫做专情吗？”一路骑着车，我对着嗡嗡的风声呢喃。

我想不是的。

因为遗憾，遗憾让我没办法就这样说再见。

我还有话没对她说，还有一句好重要的话，明明就要准备告诉她了，命运却这样拆散了我们。

那种差一点的遗憾，让我没办法就这样重新去开始一段感情。

我也很纳闷，为什么整天我的脑子里想的念的都是她……

“为什么呢？只是想要再见一面……真的有这么困难吗？这个世界真的有……这么大吗？”

转弯，经过了附近的公园。

我瞥见公园我常坐的那个位子上，昨天那个哭得稀里哗啦的女人正坐在那里……看着她那种眼神，我迟疑地停下了车。

好像没办法装作没看见……那眼神。

太像了，跟我刚找回现在住的套房时一样的感觉。

“唉……”轻叹一口气，我停下车，顺便去旁边的自动贩卖机，买了两罐咖啡。

缓缓地走过去，我把其中一罐在她眼前晃了晃，她愣愣地抬起头，接下。而我依然保持着过往的沉默，只是默默地打开罐装咖啡喝了起来。

我想我能做的，就只是倾听而已吧。

因为我很能体会那种心情，当你必须面对自己再也无法见到最爱的人的时候，那种几乎想发疯的情绪，真的很需要一种方式发泄。

我就是太闷、太不善言词了，所以才搞得……一直一直地，只能困在那个时间点里。

“好怀念哦……我真的好怀念，从前那个没谈过恋爱、只懂得傻傻单恋的自己哦……真的……好怀念哦。”她用着沙哑的声音呢喃着。

她没有再哭了，只是，那氛围让我也跟着不好受。

好酸的空气，好伤的言语。

“我看到了……他给了她一样的温柔，跟当初给我的温柔是一样的，只是那份温柔……又不再属于我了，为什么呢？为什么还会这么痛呢？我都说要走了，我只是去收拾我的东西而已，可是看到的时候，却还是痛得不能呼吸，痛到……连眼泪都流不出来了。好奇怪，有人会难过到哭不出来吗？我是不是快要疯了啊？”

没疯。

我想这么告诉她。

她没疯。

只是她自己保护自我的意识，控制了她的泪腺，否则她一哭，会崩溃的。

这一哭，就不是单纯的哭那么简单了。

她正游走在跟我当初一样的边缘，我怎么会不懂，那种只剩下一丝理智控制住悲伤的痛？

很痛。

“我会好的……对吧先生，我会好的。”像是在自我催眠般，她用颤抖的声音说着。

之后她沉默了好久，久到我那罐慢慢喝的咖啡都快要见底了。

她才又说了一句话，一句似乎是她心底最想要任性喊出来的话：“可以不要吗……爱情可不可以不要有褪色的一天……可以吗？”她像是想到了过去她跟他曾经快乐的经历般，小声地说着，然后终究还是掉下了一滴眼泪。

无声的泪。

虽然无声，可是我却好像听见了什么东西彻底碎掉的声音。

抿了抿唇，我叹了一口长长的气。

然后她就站了起来，说：“谢谢你，虽然你什么都没说，我还是谢谢你……陪我在这里一个人自言自语，真好。”勉强地，她挤出一丝难看的微笑，接着便转身走了。

气温，好像更冷了。喝掉了最后一口冰咖啡，我这么感觉着，今天出来公园嬉戏的孩童，也变少了。

原来，少了欢笑的公园，是这样的孤寂啊。

或许是因为太安静了，也或许是因为那位女人感染的悲伤让我产生共鸣了，我竟然控制不住地想起了她。

想起——我第一次认识她，第一次看见她微笑的那一天。

同样是在这个公园，我们第一次认识的地点。这让我想逃却又老是喜欢赖在这里的公园。

那个时候，记得是刚退伍没多久，还保持着当兵时养成的良好习惯——与其说是良好习惯，不如说我为了不想要好不容易锻炼出来的肌肉又消失的关系，所以我开始慢跑。

没办法，还没当兵前的大学四年，几乎都在玩乐，每天过着简直可以用风花雪月来形容的日子，太糜烂了，直到当了兵，才开始觉得自己真的像个男人。

当然，也与大学时那一堆的女朋友都断了联络。

那个时候，我刚应聘进一家多媒体公司。在一个莫名其妙的状况下，我被分到了旅游组，开始慢慢实习起如何当一个旅游小记者。

大学时代的死党们得知我找到这份工作时，每个人都吓了一跳，说我是傻了还是疯了，英语考试拿了个高级、外文系总是排名在前几名的我，怎么会选了个不相干的职业。

我耸耸肩，或许是因为我天性就是待不住吧，没办法好好地待在同一个地方工作，那太无聊了。

以前的我，就是这种个性。

记得那是哪一天呢？忘了，应该是刚刚进入了秋天的时候吧，正巧来了第一个冷气团，从总是很热的天气，忽然变成了让人想要多加一件外套的天气，充满了一种自以为是诗人的那种氛围的天气——我总是这么形容秋天。

那天一如往常，我在傍晚刚下班之后，就换上了运动服和球鞋，来到这个公园绕着圈圈跑，边跑边放空自己。我还蛮喜欢这样的。

而那天，她也正在这个公园的外围绕圈圈，只是她是用走的。

我到底经过了她的身边几次呢？好几次吧。

她长得并不是很漂亮，漂亮到会让人一眼就马上注意到她的存在的那种，她不是。

长相很普通，留着一头乌黑的长发，搭着一件黑色薄外套的她，戴着耳机用着像是在散步的步伐，缓缓地绕着公园走。

开始让我忍不住每经过她一次就多看她一眼的原因，是她戴着耳机听音乐，嘴里还跟着缓缓哼唱。

她的音量其实不大，可我还是听见了。经过了两三次，我猜出应该是王菲的《棋子》那首歌，因为她并没有唱出完整的歌词，只是淡淡地哼着旋律。

有那么一瞬间，我几乎是停下脚步，我竟然莫名其妙地被那歌声给吸引了。

如果说，是这首歌让我们的缘分开始的，会不会太好笑？

可是，好像真的是这样。

当下的我就这样转过身，看着仍低着头边走边哼唱的她。而她似乎没发现我在盯着她看，直到经过了我旁边，才神经大条地抬起头，瞬间四目交接。

她愣了愣，拿下了一边的耳机，说："请问……有什么事吗？"

或许那时的我盯得实在太直接了吧，我几乎是用一种很蠢的发愣的表情看着人家。

听见她停下了哼唱对着我说话，我才吓得回了神道："呃……

不……我……那个……你……唱歌好好听。”

找不到一句适当的话，我的反应活像是个没谈过恋爱的小男生，连我自己都想打我自己一巴掌，对自己吼道——紧张个屁！又不是没见过美女！而且她也不是美女！

“啊，我只是跟着哼而已，因为我今天才发现王菲唱歌好好听！对了，这首歌是王菲的《棋子》。”她边说边笑了。

而我也在那一秒钟又发愣了，原因有三个：一是她直接就把一边的耳机塞进我的耳朵里；二是她对一个陌生人的反应也太自然了吧；三是她的笑容，那清新的笑容是我过去交往的女孩子中，所没有的很美的笑容。

回忆到这里，我忍不住摇摇头笑了。

她就是这样，神经大条到让人傻眼的程度，我总是跟她说，要是她没了我，看要怎么办？或者说，真怀疑她是如何一个人活到这么大的！

“呃……你都是这样对陌生人的吗？”发完愣之后，我把耳机拿下，并退了一步保持着绅士的距离。

“啊！对了！哈哈！我又忘了不能随便跟陌生人讲话啦！老姐说的我又忘了！呵呵！”她自然地又露出了大大的笑容，然后跟我挥了挥手，径自继续散步。

女孩！这是当下我对她的感觉，女孩的感觉。明明她看起来应该和我差不多大，却有着女孩的感觉。

也许这就是我会被吸引的原因吧，过去交往过形形色色的女朋友，从没像她那样单纯的。

单纯的言语，单纯的举动，甚至有点傻。

我克制住自己很想冲过去问她电话号码跟名字的冲动，转身跑回家。

为什么不这么做？我明明被吸引了——不知道，但就是莫名地逃跑了。

如果，我是说如果，那时候逃跑之后，就没再遇见她的话，是不是现在我就不会这样痛苦了呢？

是不是……很多很多事情都能改变了呢？

“啊啊——好想再听一遍，好想再听听，你唱的……《棋子》。”

傍晚五点多，天已经渐渐要暗下来，我才忽然惊觉我竟然发呆了这么久。

深陷在那回忆的歌声中，这么久了。

还有那笑容，为什么我越来越觉得，随着时间的流逝，脑海中她的笑容，越来越模糊了呢？

我会忘记吗？忘记她，忘记有关我们的一切？

还真的很矛盾呢，明明痛苦地老是想忘记，如今，为什么又害怕忘记了呢？

“好累啊……我真的……快没有力气了……”我轻轻地呢喃。在这天空快要被黑暗完全吞噬之前。

**我想你……**

**第一百九十三天，我想说，我真的好想你……**

下班回到家，已经是快要夜里十二点了。好累。

因为我一直从“机场咖啡”早上开店做到晚上关店的关系，同事老是问我是不是很缺钱，不然现在这个时代，像我这样长得不像恐龙的女人，应该很享受人生才对，起码不至于把人生全放在工作上，那恋爱咧？

恋爱？呵，好好笑。

恋爱这两个字还会出现在我的人生中吗？我很怀疑，我应该不会再有爱上任何人的能力了吧。

用力地往床上一躺，我全身上下仿佛得到了一种解脱般的放松。

这里的晚上很安静，毕竟是机场附近的住家，位置比较偏僻，到了半夜，除了街上的路灯之外，有的就是寂静，有时会让人特别窒息的寂静。

夜，深了。

我最讨厌的就是这个时候。

每当夜深，而我却还未有睡意的时候。

以为这样一整天工作十几个小时，回到家我就会累得只想睡了，可是有的时候，眼皮却总是闭不起来。

为什么？是因为冬天又要来的关系吧。

我讨厌这天气，因为我跟他最快乐的回忆，总是在冬天，所以每当我闻到冬天的味道时，总是特别难以入睡。

“你这样真的很过分你知道吗？你……怎么可以轻易地丢下我们的约定，就走了呢……”瞥过窗外的夜空，我好像只能这样对着天空讲话，以为这样他就会听到了。

他。

一个我不愿再说出口的名字，一个男人。

而他，到底是生是死，我等到了今天还是不晓得。

但是我永远也忘不了那一天，那天在机场，我最后一次见到他的那一天。

**“乖乖等我回来哦，到时你将会收到一个最幸福的礼物。”**

**“是什么？”**

“等我回来你就知道了。”

“不会是求婚吧？”

“想太多，我不是说过‘谁敢把你娶回家啊’！”他又一如往常地戏弄着我，戳了戳我的头。

“吼！那你干吗说这种让人误会的话嘛……不对！你敢讲这种话？！”

“噗！真是……你怎么还是反应慢半拍呀？”他宠溺地对我一笑，然后轻轻在我的唇上落下一吻，很轻的一个吻。

轻得——我现在已经想不起那是什么感觉了。

他总是这样，不在乎来往的人群，对我耍着甜蜜。

接着，他又在我的耳边轻轻说道：“等我回来，我有些话想告诉你，放心，不是耍你的。”

“真的？”我看着他，只要是女人，都知道他回来会对我说些什么，即便已经猜出来，却还是按捺不住心中的兴奋……

就这样，我带着幸福的目光，目送着他离开，目送着他上了飞机。

然后，那是我们最后一次的对话，最后一次互相凝望。

三天后。

原本该是他预定回来的时候。

我永远也忘不了当时的我正在干什么。

我那时正在家里换着一套又一套的衣服，就是想把最完美的自己给呈现出来。

正当我挑好衣服，也在脸上化好了最完美的妆时，无意间，旁边的电视新闻，就这么紧急地插播了一则实时新闻进来。

一则坠机事件，乘客无一幸免全部遇难，而新闻上正逐一播放着遇难者的名单。

我当时正在干吗呢？我还没怎么注意着新闻，还在照着镜子，看看自己还有哪里不完美的，想要让他一回来就大吃一惊呢……

直到电话响起，是恩宁打来的。

“小祈，你还好吧？”

“啊？怎样啊？我很好啊！”

“你……等等，你没看到新闻吗？”

我一愣，目光慢慢地转向旁边的电视。“什么新闻？”我说，其实，早在恩宁那样对我说话时，我的笑容就凝结了。

而那一瞬间，当我看到荧幕的那一瞬间，好像命运早就安排好了一样，他的名字……出现了，在那个班机旅客遇难者的名单上面……

“干吗想这个？他又没有死，都打电话去电视台抗议过了，叫他们不要在上面乱报别人的名字了，他们就是听不懂……听不懂……还说我疯了……”

回忆就此打住。

我不停地说着。

又再一次地催眠自己了。

“真是……我到底……是不是真的疯了呢……可是……可是……我真的不想承认……我真的不想去逼自己面对……我真的……”不想接受本来应该要快乐的我们变成这样了嘛！

又哭了。

到底这样有多少个晚上了呢？

多少个晚上，总是一直哭一直哭，哭到累了倦了才有办法入睡，即便睡着了也总是噩梦连连。

这样的日子，我还要撑多久？

我还能，撑多久？

好想你。

失去你的这么多个夜晚，我还是无法克制，这日积月累的思念。

沉痛的思念。

# Chapter 3

不知道睡了多久，好像很久，很久没这样好好地睡过了，因为每个夜晚对我来说都是一种煎熬，每天失眠，每天噩梦，可是我却觉得这一觉好像睡得特别安稳，尤其是没有什么可怕的噩梦出现……

是因为此刻这种晕眩感的关系吗?

缓缓地，我睁开了眼睛，隐隐约约地看见一个熟悉的人影，在我这间小套房里走来走去，好像很忙，却好像也很悲伤……

“哦……”睁开了双眼，我试着想要坐起身，这才发现我的头好像有千斤重般，重得让我爬也爬不起来。

“你醒了？太好了……小祈，我担心死你了！你这么不懂得照顾自己怎么行？已经是冬天了，你居然还在盖这种薄薄的被子，又不是没有钱，干吗不去买？算了算了，我这条棉被就送你吧。”总是这样，一股脑儿就碎碎念一大堆，自言自语也没关系的恩宁说道。

才发现原来我昨天睡得这么舒服这么暖的原因是恩宁拿被子过来给我的关系，可是我好像还是发烧了。

“呃，几点了？”我愣愣地问，然后赶紧想要找手机。

“别问几点啦！你啊，今天就给我好好休息，老板知道你今天要因病休假可开心呢，想说那个铁人祈终于生病了，这个月可以少给你一天加班费了。”

“……你说什么？老板真的这么说？”

“哈！骗你的啦！不过，你真该感谢你有我这样的经典好朋友，你一迟到一小时，我就在猜你会不会是生病了，果然，被我猜中了。”

“呵呵……还经典好朋友呢，恩宁你讲话可不可以不要这么好笑啊？”我笑了，不过却也隐约地注意到一件事。

“别这样，看你一睁开眼，好像就很难过的样子，我就很舍不得……小祈……”她轻轻摸了摸我的额头，像是在确认我的体温有没有下降，也像是在安慰地抚摸一般。

好温暖，恩宁的手，还是这么温暖。

“恩宁……你跟他吵架了对不对？”看着她，我淡淡地问道。

“……”她目光不自在地瞥向了一边，沉默。

“恩宁，我在想什么都逃不过你的眼睛，就跟你逃不过我的眼睛是一样的……”

“可是，这并不算吵架啊，我跟他又没有吵。”

“怎么了？”我再一次地努力撑坐起身子，她拿了一个枕头帮我靠在床头。

“我只是无意间发现了一些短信而已，因为害怕，所以我什么都不敢问……不，我不问是因为我觉得那并不代表什么！”她自说自话，好矛盾。

“宁,来,不介意我会传染给你的话,坐我旁边。”我移动了一下屁股，让出了一半的位子，刻意地拉开棉被笑道。

她一看，也跟着笑了，然后一起挤进暖暖的被窝，打算娓娓道来。

“小祈，我跟他到底在一起多久了？”

“嗯……三年多了吧，他可是你交往最久的男人呢！”我说，试图让她开心地说。

“哈……这么久了啊？也难怪，早就超过了所谓的爱情保鲜期不知道多久了呢……”

听着她带着那种自嘲的口吻，我沉默，选择静静地听她讲，就像无数个日子以来，她总是静静地听我说。

有的时候我常在想，人是不是也只是需要一个倾听而已，在这繁华的城市生活太久，当真支撑不下去的时候，到底需要的只是一个倾听的人，还是一个除了倾听还能赶走寂寞的人？

我跟恩宁虽然要好，虽然总是一起承担着彼此的痛苦，可是我发现我们还是好寂寞，无论我们的身边有没有另一半都寂寞。

“今天早上，我偷看了他的手机，也不是说偷看，一开始我也只是想说帮他开机，以防他傍晚起不来去上班……没想到，却看到了一条短信。”

恩宁的男朋友是上夜班，晚上九点上班，一直上到早上五点，他们的作息时间几乎是完全相反的，可是长久以来他们都相安无事，且感情平稳，我一直以为应该没什么问题的。

“短信的发信人叫作佩珊，我只用了两秒的时间决定要不要打开来看，结果，我真的很后悔我看了。短信的内容是‘害羞，你也早点睡吧！’然后，我开始找他的发送备份……

“果然，他都有删除备份的习惯。可是，他却不知道他那只新换的手机，还有个地方可以看到备份档。那就是回复报告那里，一样会有备份，连时间都有呢。”

我看着恩宁，越说下去人就整个越缩成一团，而我好像也只能沉默而已。

“我看他一下班就发‘我到家了，你好了就响我一声我就过去找你’，然后到早上六点半又发‘乖乖睡觉，想你！’……”

“……”

“我没有问他，没那个勇气问，才发现劈腿这种事情真的发生在我身上时，原来是这种痛……”她说着说着，已经忍不住哽咽了起来。

“可是，你不问怎么能确定呢？”虽然那短信真的透露着一股暧昧……

“我……我不敢问，我怕我问了，就真的结束了。”

这是什么样的矛盾呢？明明对方已经不专一了，却还想假装他们之间很好，他们之间没事——然后痛苦的却还是自己。

“你一定要问，你不问，就会跟我一样加入‘夜夜失眠联盟’了！”我试着学她用幽默的语气，却发现一点都不好笑。

“我……我好好想想再说吧……”恩宁顿了顿又说，“其实，我知道那个女的是谁。”

“啊？”

“在我们一起才一年的时候，我曾经看过那个女的发给他的短信。当然不是现在这种暧昧的，是一般的语气在抱怨而已。然后我就问他，她是谁，为什么要跟她发短信。那时他就说过了，那个女的是一个哑巴，忘了他们是在哪认识的了，总之认识很多很多年了……”

“哑巴？”

“嗯……虽然不知道是不是真的，可是……他也许就是觉得我很烦了，才会想要跟一个不会说话的女生在一起……对吧？他常常因为我问题很多而不耐烦，如果不会说话的话，对他来说，该有多好。”

"恩宁……好好问清楚吧，我不希望看见你跟我一样。"虽然，我还没体会过自己最深爱的人有一天变了心的感觉是什么。

无法想象。太无法想象。

只是想到他所有的温柔以及笑容，同时也这么对着另一个人时，就有一种很不好受的感觉。

看着恩宁这样，很心疼，也很无力，经验实在少到不行的我，真的不知道该怎么帮她才好，毕竟我连我自己都帮不了……

只是啊只是，为什么命运或缘分这种东西，可以这么残忍呢？

它们好像总是随心所欲地说来就来，说走就走，从来都没有经过本人的同意，就这么来了，走了。

就连明明很相爱的两人，它也狠心地让一方不再爱了。

——可是啊，这样相较起来，我宁可接受他只是变心而已，这样至少我还见得到他，至少我还可以多把握几秒，记住他的体温、他的每一个……每一个动作。

矛盾，连我自己都矛盾了起来。

"小祈……你没事了吧？那……我想先回去了。"恩宁低着头穿着鞋子，整个人像极了泄了气的气球。

"恩宁……"

"别担心我，你知道我每次面对事情，都只逃避一下下而已……"她勉强笑道。

可是我不喜欢她这样勉强自己笑，她总是很努力地不让自己的懦弱随便跑出来，总是努力地武装着自己，我很心疼她，同是身为一个女人，她却比我还傻。

送走了恩宁，我继续躺靠在床上，目光忍不住看向天气很好的外面——现在脑子里，反而是恩宁的事情装得比较多了。

好怪，好像没那么悲伤了。

只是，这样的好天气让我忍不住想起了他要出国的前一个星期，我们一起骑着摩托车出去玩的画面，啊啊——那天真的好快乐啊！

真的很快乐。

因为那天是我的生日。

一大早，我就被他温柔的吻给吻醒。

“今天不是有人过生日？还想赖在床上睡一整天啊？”他趴在我旁边，轻轻地说。

一睁开眼就看见他的笑容，那阵子跟他住在一起的时候，我真的以为幸福就是这样了，人生没有比此时此刻还要幸福的事了。

“吼……再让我睡一下啦。”我翻了个身，继续赖在床上。

“你再不起来我就要出门了啊！”他坐起身，作势拿起衣服穿了起来。

“咦！可是今天是我生日！”我一听，激动地跳了起来，然后就看见他那邪恶的表情。

“你真的很容易骗，要是哪天我不在了，你被人骗去卖了怎么办？”他温柔地抚摸着我的脸颊说。

“才不会呢！而且……你真的舍得离开我？”鼓起了脸颊，我道。

我们就这样又打打闹闹了一会儿，才出门。

我问他要带我去哪里，他只说是秘密。

我们到底骑了多久？快有两个小时吧。虽然屁股坐得很痛，可是那一天的风很舒服地吹着我们的脸，他没停过话题，一个又一个地把我逗得好开心。

所以要不是他说我们骑了多久，我还真不相信。

他带我来的地方，是一个黄金海岸。

“应该要晚上带你来的，这里晚上比较漂亮。”他有点懊恼地说。

“笨蛋，这样我就很开心啦！”

那天的天气到底有多晴朗呢？

应该说，那天的我到底有多幸福呢？

我们一起在海边玩水，一起四处乱逛，做了好多好多的事，嘴巴笑得都快抽筋了。

一定很开心吧，我想。

因为现在的我，竟然想不起当时我大大的笑容是怎么笑出来的了。

“已经……一年多了，接下来是两年、三年……”为什么时间要过得这么快?

为什么不再多等我一下，多给我一些时间呢?

额头上的温度，似乎又升高了的样子。

我感觉到自己又开始晕眩了起来，迷蒙快要睡着之际，我仿佛感觉到他那天早上，把我吻醒的吻，又轻轻印在我的额头上。

错觉也好。

幻想也好。

只要不要每天逼着我去面对现实，就好。

你好吗?

现在的你，到底好不好?

梦里也好，告诉我你很好就行了。

但是别反问我好不好，因为你知道的，少了你，我是怎样也好不起来的。

那天跟她相遇，然后我莫名其妙地逃跑了之后，我刻意不再去那公园慢跑，想先在自己家附近随便跑跑算了。

因为不想遇见，可是心底还是有个声音想要再见。

为了彻底摒除这矛盾的心态，我索性不去她会出现的地方，等过一阵子，让这差点要被自己的冲动给冲昏头的思绪冷静之后，再去公园那里跑步。

我说过了，她不是我这花心成性的人该去接近的一个女孩。

那天，本来应该是要去慢跑的时间，忽然想起自己好一阵子没去逛逛书店了，停下脚步，我改了个跑步的方向，刚好这样慢慢跑去书店也不错。

也不知道最近有没有出一些让我感兴趣的书了。

一直很喜欢看小说，以前常被人说男生爱看小说太娘了，真不知道这是什么鬼说法。

当然那是学生时候的玩笑话罢了，因为到大学的时候，由于我什么样类型的小说都涉猎的关系，也因此跟那些美眉们反而更聊得来。

聊得来，这是过往每个跟我在一起的女生对我最常说的一句话，甚至连到了分手的时候也总说："不懂，以为你总是很聊得来，很了解我、很了解女生的心理，可是为什么你却不能体会什么是痛呢？"

几乎每一任女友，在离开的时候，都说过类似的话。

什么是痛？

当时的我还真是不懂。

就这样，我已经跑到了离我家大概有四个路口的一间书店。

用脖子上的毛巾稍微擦了擦汗，我慢慢走进去。

看着排在最前排的新书架上，那些琳琅满目的书籍，有国外的翻译书，也有几位热门畅销作家的书等等，我习惯性地走到最旁边的书架开始看起。

我不喜欢看那些已经红到不能再红的人写出来的畅销书，我最喜欢找的，是还没有被世俗给沾染过、刚出道没多久的新人写的书，那总是会给我不一样的感觉。

新鲜感，我说。就像我对于女人的感觉一样。

走着走着，因为太过专心盯着书架上的书，一不小心地，我撞到了人。

“啊！”被我撞到的人，明显地叫了一声。

我急忙道歉道：“对不起、对不起！你没事吧？”在弯下身子拉对方站起来的瞬间，我愣住了，应该说，我们都愣住了。

“是你？”对方惊讶地指着我的鼻子说道。

是她。

“呃……不好意思，害你跌倒了，你没事吧？”我故作镇静地说道。

“没事……不过，好巧啊！你也来逛书店啊？”

“是啊。”我轻轻地点头，刻意地撇开视线不去看她。今天的她上了一点点的淡妆，头发也整个绑起来变成了可爱的丸子头，好不一样……

“想不到你也会看书啊！”她笑嘻嘻完全不经大脑地说。

“呃……是啊，呵呵。”

“那，你有没有什么好的书推荐啊？我本来想说来买本书回家看看好了，却不知道要看什么。”她一脸好像真的很困扰的样子。

或许就是这个时候吧，我被她那总是很多变的表情，深深地吸引住了。

“你平常喜欢看什么类型的？”

“这个嘛，我看过的小说只有《哈利·波特》啊！哈哈！”

“《哈利·波特》啊，呵呵！”

“怎样？很好笑吗？拜托，那可是连大人都可以正大光明看的小说！”

“我又没笑你……我也有看啊。那么，我推荐‘向达伦大冒险系列’好了，那个跟《哈利·波特》应该也算差不多的性质。”

说着，我找出了那套书，大概地给她介绍了一下内容。

内容才讲了一半，她就一脸非常期待地赶紧把书抱在手上，说：“好像真的很好看！谢啦！”

“噗……”

忍不住地，我又笑了，摇摇头地笑了。

然后趁着她在开心结账的时候，我快步离开了书店，赶紧跑到旁边的一条小巷子先躲起来。

为什么要这样？

我也不懂，也许是真的害怕吧，害怕这样单纯的她，要是真的认识我，甚至跟我交往的话，会怎么样……

我无法保证自己现在对她的喜欢只是一时新鲜，还是……

书店的自动门打开，我偷偷看着。

果然看见她傻乎乎地冲了出来，四处张望着。

然后，她低头看着手上刚买的书，有点落寞的样子。

睁开眼。

已经天亮了。

才发现我昨晚睡着之后，竟然继续在梦里把昨天没回忆完的给继续回忆了一遍。

抓了抓头，看着墙上的时钟，我比闹钟还要早半个小时“醒”。

掀开棉被想下床，我忍不住地哆嗦了一下，才发现今天天气更冷了，冷到该是时候把大衣给拿出来穿了。

“唉……”

叹了口气，我有点无力。越是这样常梦见她，我就越无力。

我要的不是回忆不是梦，而是要再亲眼看见她一次而已，就像我们在书店、在公园的巧遇一样。

点上一根烟。似乎也点燃了今天的想念旅程般。

继续日复一日地想念，与等待。

你好吗?

如果真的没那个机会再遇见了，我希望你好好的，一直好好的。

就像那时我们刚认识一样，能够好好笑着，我就放心了。

好吗?

# Chapter 4

缓缓，睁开眼。

又是一幕跟昨天醒来时差不多的景象，恩宁一脸担忧地看着我的样子。

又过了一天吗?

不会吧，我有睡这么久吗?

“小祈，你终于醒了，还好吗？我还在想你要是再昏睡下去，我就要叫救护车了！”

“嗯……”或许是真的睡了太久的关系，我的大脑还没办法好好开机，有的只有浑浑噩噩。

“你居然从我昨天走了之后又整整睡了一天！而且烧都没退！”她的语气透露出不少焦急，也看得出来，她真的快要担心死了。

“抱歉……恩宁……”我小声地说着，视线也渐渐地越来越清楚，可是头还是有种好胀的感觉。

“你还没退烧，要不要去医院打个点滴？你这样真的不行！”

“吼……别在我刚起来的时候，就碎碎念嘛……”我半撒娇地说，“而且你明知道我讨厌去医院的。”

讨厌去医院。

这件事也是因为他而开始的，自从那天之后，那天……看了新闻之后，我便试图让自己生活在一个，没有死亡的世界。

呵呵，这么说有点可笑，每天总是会有人离开这个世界的，生老病死，怎么可能没有呢？

我也只是在跟这些事情做斗争罢了。

不看新闻，不去医院，当然路上有人在办丧事也都尽量避开或干脆假装没看见——我一直以为这样我就会忘记了。

忘记关于死亡这件事。

“可是，你这样连续烧了两天又连续两天都昏睡的……”

“没有人会不生病的好吗？”我打断了恩宁的碎碎念攻势，“而且，不过是稍微重一点的感冒，吃点药很快就会好了。”如果……真的不会好也罢，如果能这么死了，也许才是我最大的希望吧。

恩宁是从那个时候开始的吧，开始会特别地关心我，更频繁地找我出去，打电话找我聊天，也无时无刻不在灌输着别自杀这种思想……

我不会自杀的，绝对不会！不过人都有生老病死，如果是病死了，就不算了。

“你啊！”

“恩宁，你呢？这两天顾着我，你昨天回去有没有……”

我刻意地转移了话题，并顺手拿起恩宁摆在我床头柜边的一杯热水，轻轻地喝了几口，非常舒服。

“他……哼……我昨天问了，在他上班前的一个小时。”

“嗯，结果呢？”

“结果……他说那只是他妹，如果我觉得他跟他妹讲话太恶心，他跟我道歉，如果我还要在那里无理取闹地发脾气，那他也没办法。”

“他是这么说的？”

“嗯……”

“所以你信？拜托别信啊！我的好朋友，那种强词夺理，只有深陷其中，还不明白的人才会相信……”

什么鬼借口？太烂了，不但恼羞成怒，还直接把问题都丢给恩宁。

“我……我……”恩宁愣了愣，然后转身说，“我有煮粥，刚煮好了，我去盛一碗给你啊！”

看着她一脸不知所措地逃开的样子，我停下了自己控制不住咄咄逼人的嘴。

逃避。

我知道她选择了逃避,因为太在乎了,在假象还没完全被摧毁之前,很多时候我们宁可做出这样的选择。

只是我不懂，不懂为什么假象的幸福看起来总是这么真，我很想告诉恩宁，选择了假象没有错，只是它总有崩毁的一天，而那一天若到来，你会崩溃的……

我想这么告诉她，却开不了口。

不忍心。

不忍心看着她努力地假装自己快乐，却被人一语给戳破，那太残忍了，残忍到像是一面镜子一样。

反映着我的镜子。

“那，我就先回去了！今天只请了半天假，中午要上班呢。”盯着我把粥和药都吃完的恩宁，这才放下心。

“嗯……”

“啊！对了，等你过几天病好了，可以陪我去买桌子吗？”她边收着包包边道。

“买桌子？你家不是已经有一张超大的木桌了吗？”

“没有啦……坏了啊。”

“坏了？怎么可能……那张桌子不是纯木制造，而且去年你们才买的吗？”话一说完，我就发现我好像多问了。

因为恩宁明显地顿了顿，然后扯了一丝很难看的笑容说道：“你就陪我去买嘛。”

我点了点头，不再说些什么。

目送她走时，我注意到了恩宁的脚步有点怪怪的，尤其是她的右脚，感觉很像痛得在颤抖，却还是努力地想要正常走路的样子。

为什么？

回想了稍早关于她跟她男朋友的对话，我大概猜到发生了什么事。

只是，我不懂。

“为什么那个男人都已经做了这么不可原谅的事……还要……袒护他呢？”

闭上了眼，有种无力的心痛感。

“变质了……周遭每个人的爱情……已经渐渐在变质了，变得让人感到可怕了。”

真的无法想象，自己曾经深爱的人，不但劈了腿，还对自己有了暴力行为的时候，为什么还能爱？

难道，这也是一种爱？

不，不是还能爱，他们只是不愿意去承认而已，承认曾连接着彼此的那条线，已经不见了。因为不承认，所以愤怒，所以无奈。

“明明那么想要找个人大哭的样子，为什么不哭出来呢？你这个傻瓜……”我鼻酸了，为恩宁鼻酸，为这样的窘境鼻酸。

药效，慢慢地起了作用。

它让我又开始想要昏睡了——睡了也好，睡了也好。

睡了，也许会梦见你。

结束了漫长一天的加油工作。

下了班，打了卡，抬头瞥了一眼这有点耍人的天气，昨天气象预告明明说今天会更冷的，这是哪门子的冷？根本热得要命！起码有二十六七度，这哪叫冷？

离开加油站，点了根烟，脑海里忍不住想起昨晚做的梦，然后我就发现自己的步伐像是不受控制般，往那间书店的方向走去。

沿途，我像是看见了那天无意间往书店奔跑的自己般，然后，停在依旧不变的小书店前。

我看着，愣愣地看着。

几乎都往公园跑的我，很少会来这里，或许是怕吧，怕每天牵扯出太多的回忆，自己会无法承受。

只是想起了那次跟她在这里偶遇之后，我还是忍不住对着回忆笑了，像个傻子似的笑了。

不在乎此时进出书店的人群，用着一种异样的眼光看我，我笑。

因为在我眼前，我仿佛看到了那天之后的后续。

冬天的气温已经越来越低了。以前遇到天气冷的时候，总是很喜欢做一些有点蠢的事情来取暖，当然是一些便宜的方法。

记得那天按照惯例慢跑后，我就直接到家附近的一间超市，买了一包方便面，接着买一支关东煮，然后在整个杯子装满了汤，我知道这样有点贪小便宜，不过这就是刚进入社会不久的小上班族省钱又暖和的好方法。

就在我兴高采烈捧着泡面的杯子暖暖地走出来，想要好好吃一下的时候，在门口，不小心地跟人撞在一起，不用说，整个关东煮洒了满地，也洒得我跟对方的身上到处都是！

“啊！”

“啊！”

“对不起！对不起！”对方马上就拼命道歉起来，还赶紧拿出随身的面纸要先帮我擦拭裤子上的面跟汤……

然而在那么一秒钟之间，我跟对方都愣了愣，在互相看到脸之后。

“是你！”

“是你！”

“噗！”

“噗！”

我们几乎是同时笑了出来。

“太巧了吧！又遇到了！”她高兴地说，然后叫我在外面等她一下，没一会儿她便端着两杯重买的关东煮加泡面走了出来。

“这杯还你。”

“不会吧，你也会这样吃？”我有点诧异地说着。通常女生不都很爱面子，不喜欢做这种会让店员侧目的丢脸事情吗？

“怎样？不行啊?！这可是我每到冬天最喜欢的乐趣！”她嘟着嘴说道。

“我……只是很奇怪。不过这样我们还蛮像的。”

“真的！跟你说……你前两天推荐我买的那套书，天啊！好经典！那套书真的经典到好好看啊！”一提起她有兴趣的事，她马上又夸张且活泼地说了起来。

我看着，然后轻轻微笑着。

明明今天很冷的，明明我被弄得整个衣服和裤子好几个地方都湿了，明明……但我却觉得好暖和，好暖和。

不顾来往路人的目光，我们就这样坐在超市外面摆的桌椅上，边吃着热乎乎的泡面，边呵呵笑着聊天。

“喂！你叫什么名字？”她忽然问道。

“呃……干吗啊？”

“这样我们就可以变成朋友，而不是陌生人啦！而且、而且你不觉得我们超有缘的吗？”

我应该要高兴的，在她问了我名字之后。

可是又不自觉害怕起来，害怕——我会不小心伤害了她。

她不适合流眼泪，她的脸不适合有那样的表情。我不希望因为我的关系，而让她……

“你好奇怪，你好像一直在害怕什么。”像是一眼就看穿了我所有的想法般，她说，单纯地说。

“怎么会……”

“好吧，这样好了，如果下一次，下一次我们又像今天这样，很巧地遇到的话，我当你女朋友，好不好？”一点婉转也没有，她直接地说道。

然而我却瞥见她在说完之后，脸上隐隐约约地泛红。

“你……”

“就这么说定了！垃圾给你丢，我走了！”挥挥手，她边跑边跳地消失在超市前，留下脸上出现不该有的、紧张的笑容的我。

这真的，是第一次。

第一次我竟然会因为一个女生的告白，而紧张得不知所措。

不像我，太不像我了。

回过神，刚刚点的烟一口都没抽到就烧完了，还差点烫到自己的手。

进了书店，我走向柜台缓缓地问道：“请问——我之前寄放在这里的一本书，它的主人有来过吗？”

“你是说那本《再见，总有一天》吗？”柜台小姐从抽屉里拿出了那本书。

“果然……还没来拿，是吗？”我点点头，转身就要走。

“不过，真特别呢，这本书竟然是日文原版的，还是首印啊！”柜台小姐又说。

“是啊，曾经有个傻瓜，去日本玩带回来的唯一纪念品。”我轻笑着，走出了自动门。

那本是她的。她送我的。

在某一年，她欢天喜地地去日本玩回来之后，说她看到了一本超经典的书，虽然是原版她看不懂。

我那时还笑她，看不懂怎么说是经典？最后我找了专攻日文的朋友，帮我大概翻译了这本书。

记得那时她看完后，几乎用掉一整盒的卫生纸，边哭边说："我就和你说很经典吧……你看……呜呜……"

“的确是啊，因为它后来被翻拍成了电影，红了呢！”我喃喃自语着，在这莫名其妙老是要人的天气里，只能一个人喃喃自语。

只能——不断不断地，一再承受着思念。

**你忘了说再见，我也忘了。**

这就是我们一直无法再见的原因吗?

真的做梦了。

当我看见自己出现在脑海的回忆里，我轻轻地笑了，不想打破这难得的美梦。

我想想，这是哪一天？啊啊——好像是那一天对吧，那年的春天，我们开始真的住在一起的春天。

咖啡厅里，我缓缓地搅拌着咖啡，表情有点不耐烦。

因为他已经整整迟到半个小时了，电话也打了三次都没接，他明知道我最讨厌被人放鸽子了！

撇着嘴，默默在倒数着自己可以准备走人的时间，要不然一个人坐在这里真的很像傻子。

哐啷啷——

咖啡厅的门被推开，只见他满身大汗地冲了进来。

“抱歉！你……等很久了对吧？”

白了他一眼，我没有回答，目光故意看向别的地方。

“对不起嘛，那是因为……”

他话说一半又不说了，我偷偷瞥了他一眼，只见他竟然拿起手机在那里按了起来。

我几乎气得脸都涨红了。

站起身，我打算直接走人。

忽然，手机传来了短信声，我拿起来一看是他发的。

“对不起，我知道你最讨厌人迟到了，我越解释你只会越生气，可是我今天真的想带你去看一个地方……你愿意去吗？”

看完，我瞪了他一眼，刻意用不耐烦的口吻说：“什么地方啦？”

“你要去？”

“不然算了！”简直就是在耍我！

就在我气得要跑走之前，他已经快速地抓住我的手，笑道：“我记得你也讨厌说话不算话的人的。”

“你……”

“好啦，走吧！”

被他拉着坐上了他的小摩托车。

他老是说让我跟着他吹风淋雨的，他很心疼，希望自己快点存到一笔钱好买一辆汽车。

但他不知道，我不喜欢汽车，我喜欢这样抱着他，就好像抱着最无可取代的一份温暖一样。我喜欢冬天的时候，他总是一手骑车，一手握着我环抱着他的双手，不停地揉搓，生怕我会冷到似的。

这样的幸福感……要是有了汽车的话，我才会不高兴呢。

他一路骑回了他家，我一下车就说：“害我还期待你要带我去哪里，这不是你家吗？”

他轻笑地摇了摇头，拉起了我的手往上走，直到他打开门的那一瞬间，才道：“错，是我们的家。”

“咦？”

愣愣地看着他打开门之后，他说的话，以及在我眼前的一切。

他把他家的床架换成了我喜欢的样式，床垫也变得比之前那个还要柔软，还有床单什么的，全都换成了我跟他一起去逛卖场的时候，曾说过会喜欢的样式。

慢慢地走，看见了一对杯子两副碗筷，连厕所的浴巾和牙刷都是一对的。

在这之前，我虽然偶尔会来他家过夜，可是并不会带太多的东西，而现在生活上任何需要的，他都帮我准备好了。

“你……今天就是在忙这个？”

他摊摊手，说道：“看你愿不愿意原谅我，住进来吗？”

“笨……蛋……”我笑了，也差点感动得哭了。

“虽然，现在的房子很小，只是一间小套房，可是以后，我保证会给你一个更大的空间，只属于我们的空间。”

“你真的很奇怪啊，老是爱承诺一些没有的，男生不都最怕这种东西吗？”

“干吗？你怕我只是说说吗？”

“谁知道呢。”

“你……搔你痒啊！”

“呀！不要啦！哈哈哈！”

那间小套房，从那一天开始，真的装了很多很多有关幸福的东西，都是你给我的。

如今，小套房已经不再属于我们，而你也不在了。

睁开眼，傍晚了。

烧好像也退了。

我不想起身，想永远待在刚刚的梦里就好。

“到了最后，你说的承诺果然，只是说说的……笨蛋……”

你忘了跟我说分手。

或许就是你从没这么说过，我才这么难以放手。

# Chapter 5

“阿嚏！”

一早睁开眼，我就冷得打了个大喷嚏。

“啊……昨天才说不冷，也没必要一口气冷成这样吧？”

我搓搓身体，抱怨地喃喃自语。

今天又放假了，想到上次被委托要翻译的书，好几天没增加进度，本来想说今天把它赶一赶的，但这么冷，实在让人没有心情出门，甚至下床。

我想起有一次冬天也是冷得不像话，我跟她就这样窝在被窝里，哪儿也不去，待在家一整天，吃东西就叫比萨外卖。两个人的公司都打电话来找人，我们相视一笑，一起把手机都丢在抽屉里，翘班！

当然，隔天我跟她都被各自的主管给骂得乱七八糟，还扣了三天的薪水。

“呵呵……”我轻轻地笑了，因为回忆的关系，我仿佛感受到了那天的温暖，突然觉得没那么冷了。

“我肯定病得不轻……”

走进厕所，我对着镜子里的自己说道。

正当我要准备刷牙洗脸时，几乎一整天没响过一声的手机，突然响起。

一开始我还有点找不到它，到处翻了一下，才从床头的夹缝中找到，一看，是好久不见的阿哲，张伟哲。

“嘿！”

“我还在想你会不会找不到手机呢。”他懒懒地说，好像早就预料到会有什么情况般。

跟他是在高一的班上认识的，我们要好了三年，虽然在不同大学，可是很奇怪的，我跟他就是那种不用经常联络，但是只要一见面或一个电话，就马上恢复到以往熟悉程度的朋友。

而他，总是很了解我。

“啊！你就是为了这个一早打来调侃我？”

“不是，想看看你是不是还活着。”

“那可能要让你失望了，我活得可好了！”我笑开了，这就是我们每次只要见面或通电话时的开头。

“今天要不要上班？”

“我真怀疑你是不是有派人监视我，每次打来我都刚好放假！”

“就跟你说我很会算了，搞不好我帮你算算，就知道她……抱歉。”话才讲了一半就停住了，我知道他是想抱歉说他讲过头了。

“没关系，半小时，老地方？”

“好啊！”

我们的老地方，其实就是以前我们一起读的高中附近的一间早餐店，那间早餐店说起来也真长寿，就我的印象，已经超过十五年了。

也因此才得以让我们的“老地方”可以一直不变。

以前，我和他总是会在这里故意混到第二节课快开始才进学校，后来因为快要被退学了，我们才乖乖地准时进去。

骑着摩托车，我几乎边骑边抖，好不容易才到了那边。

又干又冷的冬天，早上变得很冷清，天空也雾茫茫的，就算有些许的阳光，却还是很冷。

停好车，才看到阿哲已经坐在我们的老位子上，叼着一根烟等我了。

“真慢！”他道。

“你怎么不检讨一下自己，有车的人，顺路来载我一下会死啊？冷死我了！”我边说边走到柜台前，“阿姨，我要一样的！”

“你们两个也真是的，这么多年了，还是改不了一见面就吵架的习惯呀！呵呵。”已经有些许白发的阿姨，笑呵呵地道。

“拜托！阿姨！我哪有跟他吵啊？我是知道他喜欢冬天，喜欢冷的感觉，所以贴心地不去载他！”阿哲揉揉鼻子，假装无辜地说。

“吃你的早餐，不要吵阿姨！”我在他对面坐下，马上就点了一根烟取暖。

“最近，还好吗？”他边吃着汉堡，边恢复正经地说。

“你哪时看我好过？”

“有，在那件事之前。”

“别提了……”我别过脸，不想去讲。

“你啊，跟她真的好像，自从那件事情之后。”他摇摇头说道。

我一听，挑挑眉，说：“你说的她，不会是她吧？”我指那个让他暗恋了十几年的女孩。

要不是我跟他够熟，打死我也不相信他这么专情……这么傻。

明明人家的心始终不在他身上的。

“啊啊——烦死了真是。”他搔搔头说。

“说吧，我听你说。”边喝着热热的鲜奶茶，我道。

阿哲就是这样，他总是会把自己的情绪累积到一个不能再忍的程度，才肯找人把它释放。

我知道他肯定会讲关于他的“她”的事，而我能做的也只能倾听，这是我唯一帮得了他的。

就像公园那些曾经在我耳边来来往往的过客一样。

阿哲以前常说：“人啊，想要离开一段感情，或者是想要下定一些决心，帮得了忙的，还是只有自己。”

毕竟决定权是在自己手上，谁也不能强迫自己做些什么。

这是他之前跟我说的，仿佛在嘲笑着自己，他始终无法替自己下定一个决心一样。

“她啊……真的不需要我了。”

阿哲深深吸了一大口烟，嘴边带着淡淡的苦笑。

阿哲说的那个女孩，和他几乎算是青梅竹马，以前个性很孤僻，不过，后来因为发生了一些事情，感觉渐渐变得没那么封闭了，不过那总是与世隔绝般的气息，还是没有改变。

“还记得那件事情吧，两年前，她遇见了那群人，遇见那该死的家伙的事？”

我点点头，当然记得。

阿哲那时候因为那件事气得半死，每天在我耳边拼命骂脏话，还问我要不要一起去扁那个男的，我当然没答应。

“我知道，当初她会不小心成为那个家伙的第三者，两个人都有错，我也知道，到了最后，真正互相喜欢的还是他们……可是我以为那家伙走了之后，她总有一天会忘记他。

“我以为，只要这样下去，她总有一天会感觉到我的重要……

“可是，好像冥冥之中早就安排好了一般，他们竟然又相遇了，在她前阵子一个人去中部旅游时遇见的。”他停下来喝了口饮料。

“我什么都不能阻止，就像当初她不顾一切地爱上那家伙一样，我不知道为什么命运这么不公平，我不懂……但是，这样也能让他们重逢，是不是真的是我该退出的时候了？该……真正放手的时候？”

“阿哲……你知道的，缘分这种东西，从来都不是自己有办法控制或阻止的……”

满满的寂寞，我看见了他的眼底透露出满满的寂寞。

那是他从来不会让她看见的眼神，因为怕她担心，怕她愧疚，怕他因此就没了借口继续待在她的身边，就算只是以朋友的身份。

“我当然知道……可是感情这种东西，也从来不是自己就能控制的。”他沉重地说。

“就算不能控制又怎么样？她又何尝不是？在这两年的时间里一直持续爱着一个不知道还会不会再遇见的人？你……应该比我这个旁观者更能看到她的心情才是啊。”

我不是故意把话说得这么明白、这么残忍，只是我是真心替我这位好友感到不舍，不希望他跟我一样痛苦。

而且我也能体会她的心情，那种等待的心情，是会让一份爱，越是等就陷得越深，等到再次重逢时，已经没有任何能力能够阻挡它了。

“我……怎么会不知道呢……”他垂下了眼帘，“怎么会不知道？她几乎每天晚上都到一个公园去弹一首歌，应该是他们之间有回忆的歌，怎么会不知道？她每次看着远方发呆，寂寞的样子呢？我也只是……”打住了话，他别过脸看向别的方向，试图让情绪稍微冷静一点。

每次只要说到有关那个女孩的事情，阿哲总是变得不像阿哲了。

“阿哲，你觉得……缘分是什么？”我问，问着这句曾经有人也这么问过我的一句话。

他又点上一根烟，说：“是一条线，一条牵引着他和她之间的线，时间到了，线会指引他们再次重逢，却永远不会让她再次回头看看我的线。”

形容得真好，一条线。

那么我跟她的线，还在吗？

时间到了，线会让我知道她在哪儿吗？

我也点上了一根烟，我们就这样沉默了起来。

忽然，他看着烟淡淡地笑了，说：“你知道，她啊……老是说抽烟，就像在燃烧寂寞呢。”

“燃烧寂寞……是吗？”我倒觉得我抽烟的时候，反倒有点像卖火柴的小女孩，好像借着蔓延的烟雾，就可以看见自己想要看的身影一样，有点可笑吧？

吃完了早餐，阿哲的心情似乎没有变得更好一些，带着一身落寞回去了，说是要准备去开店了。

啊啊——好久没去他那间咖啡厅走走了……可是，阿哲一定不会怪我这么久没有过去的。

因为他知道，我不再去的原因。

垂下眼帘，我继续发抖地骑上小摩托车，该做的事情还是得做，今天就在家翻译书吧。

**得不到的拥抱，跟曾有过的拥抱，哪一个听起来比较寂寞？**

终于退烧了。

今天早上一醒来，感觉整个大脑非常清晰，一点沉重眩晕的感觉都没有。

“好了，可以上班了。”我搔搔头喃喃着，看着旁边还摆着昨天吃过粥的碗，我想起了恩宁。

我这才找出手机一看——她今天没打给我。

我按了通话键，打给恩宁，打算告诉她我今天可以去上班了。

可是连打了好几次，都没有人接。

“奇怪，这个时间她不是早就起来了吗？”恩宁一直是个自我要求很高的人，总是让自己保持着早睡早起的习惯……都快十点了，怎么可能。

“啊，说不定已经在去上班的路上了。”

起身迅速地梳洗之后，我便快速地出门，不喜欢老是待在家，很讨厌那种总是只有一个人的声音的屋子，一个人说话、一个人吃饭、一个人看电视……

这些小细节，总是在提醒着我“我是一个人”这件事。

砰。

关上了门，才一走出去取摩托车，就发现我感冒发烧的这几天，整个气温似乎变得更低了。

“好冷。”

真的，是冬天了。

围上放在车厢的围巾，一条宝蓝色跟黑色交织的围巾，本来我在他出国时，打算要在他回来送给他的。

它一直被我放在车厢里，就是想着如果有一天再见到他，一定要送给他。

骑着车来到了员工停车处，我愣了愣，问道：“恩宁还没来？”

走进休息室，我边放着东西，边问在一旁吃着早餐的小爱：“小爱，店长还没来呀？”

“嗯，听小武说，店长到现在都还联络不到人，不知道是怎么了，今天店长也没有排假……有点反常啊。”她虽然也关心，可是从那不在乎的口气，却让我觉得她也不过把这件事情当成了八卦一般看待，这就是同事跟朋友之间的差别吧。

甩甩头，现在不是想这个的时候，恩宁今天反常……

“怎么会？”

忽然，想起了昨天，我才惊觉可能出事了！

“小爱，我今天再请一天假！”

“怎么了？”她一愣，被我突来的反应给吓了一跳。

“突然想到有重要的事，我会再跟店长联络说我要请假的！”

“哦……”

冲上摩托车，我立刻往恩宁跟她男朋友家的方向飙——心跳也忍不住地加快起来！

真的……不希望会发生什么可怕的事！

我昨天怎么可以让她走呢？！明知道她的脚被她男朋友摔桌子给砸伤了……我就应该要提醒她，怎么会……

“恩宁……”

一赶到他们租的那间小公寓楼下，看见了恩宁的摩托车果然在家。

喘口气，我再次打电话给她——响了很久，还是没有人接，转入了语音信箱。

抬起头，我看着他们住的那层楼的窗户，灯没有开。

没办法了，只能上去看看了。

爬了好几层的楼梯，我气喘吁吁地按了他们家的门铃，按了一下又一下，直到恩宁出来开门为止，否则我是不会停下的。

大概按了六七下左右，终于听见里面纱门被拉开的声音，缓缓地，门打开了。

恩宁一开门见到我，吓了一跳。“小……祈？”

“总算找到你了。”我松一口气地说，虽然她的样子比我想的还要狼狈。

“怎么了？”她声音沙哑地说，眼睛也相当浮肿，看得出来已经哭了很久了……

“这句话应该是我问你的吧？他呢？不在吧？”

她摇摇头。

“那我可以进去？”

她点头，一跛一跛地走进了家里。

我看见她脚上有很大的一道伤口，且还没有结疤，手臂上也都有淤青。

屋里的景象更是让我心一惊，家具几乎都毁了，电视荧幕被砸破、客厅的玻璃柜也被砸破，就连木制的沙发椅都被翻倒——简直就像这个家刚刚被恶劣的小偷闯进门，把这里给大闹了一番一样……

恩宁吃力地想要把被翻倒的沙发给翻回来，我赶紧帮忙……

好不容易翻回正面，我跟她默默地坐下，看着这样子的她，我竟然不知道该要说些什么才好。

“抱歉，吓到你了吧？”她带着勉强的笑容说道。

“到底……怎么了？……”

其实不用问我也可以想象到底怎么了，只是，怎么会这么严重……

“发飙了呀……他发飙了，被我逼的……因为我打破砂锅问到底太烦人了。然后，我们的家……我……我们的家也……不在了。”她看着这一屋的凌乱说。

我沉默着听。

“这里，曾经好多好多我们的甜蜜，一夜之间都不在了，真难以相信……电视也不能看了，那是我们一起去二手家电行买的呢……他很喜欢逛这些地方，本来我不太喜欢的，现在也好喜欢逛了……”说着说着，从没在我面前哭过的恩宁哭了。

就像失控了一样，眼泪一滴一滴无声地掉落。

我轻轻握住她的手，想要给她我能给的温暖，她仍然保持着那难看的微笑，眼泪越掉越凶了。

真不协调，拼命地想让自己不要哭而笑的笑，原来看在眼里这么让人心疼。

“怎么会这样……小祈……到底为什么会变成了这样……好可怕……昨天晚上真的好可怕……他在那里发疯似的摔东西，我害怕得都动不了，即便东西都砸到了我……”

我抱住她，轻轻地抱住她，让她在我的肩膀上大哭着，甚至还能感觉得到她的颤抖。

我的眼眶也不自觉跟着红了。

要是我昨天马上问她脚伤的事就好了，也许就不会变成这样了……

“小祈……小祈……我跟他……不能了，对吧？……变成这样……我们跟我们的家，都不会再变回从前了对吧？”

傻瓜，他都露出本性了，你怎么还爱他？老是笑我笨的你，怎么比我还要傻？

“恩宁，他不值得你再爱了，醒醒好吗？他这样跟那些家暴的男人有什么两样？”要她知道残忍，可是为了她好，我说出了现实的话。

忽然，她停止抽噎，推开我，然后怔怔地盯着我说道：“小祈……你不是……应该站在我这边的吗？”

“我就是站在你这边，才必须要这样告诉你啊！”

“哈……小祈你这样好好笑。”

她的脸越来越扭曲，我看着这样的恩宁，有点怕，怕再也无法帮她找回原本的笑容。

“你自己还不是像个神经病一样，一直爱着一个死掉的人？还每天说他没有死，不是吗？”她用着很轻的口吻说着，但言语却好用力地刺伤了我。

我愣住了，说不出话了。

她不再跟我说话，默默地走回房间。

我也不发一语地离开了。

坐在摩托车上，我突然没有力气了。

“被…… 提醒了呢。”

原来，被人提醒现实的感觉，是这样的残忍。

**爱着一个心不在的人，跟爱着一个过去的人，谁的寂寞比较多？**

# Chapter 6

那是一个星期日的早上，嗯，我记得很清楚。

难得起了一个大早，我边慢跑边想着不如就跑去阿哲的咖啡厅吃个早餐喝个咖啡也不错，且路程不远也不近的，刚刚好。

边跑，边忍不住回想起上星期在超市外又遇到了那个女孩——她说过的话。不知道为什么，这几天我走在路上总是变得有些扭捏又有些期待，我在期待什么？

只要我刻意地到公园和书店，那么再遇到她不是件难事——那我干吗还期待？边期待，边刻意地不再去这几个地方，不是很矛盾吗？

“而且……今天好像没有上星期那么冷了。”呵呵，气象有说嘛，说这星期的周末会温暖一些，下一波寒流好像要等到下个星期了。

“不要……再想她了。那是不可能的。”不可能还会再发生一次巧遇了，巧合不可能这么频繁地发生的，又不是在拍电影。

气温又升高了，真让我有些习惯不来，跑了一大段路，已经慢慢流下汗来。

来到阿哲开的那间咖啡厅前，我停下，看着那朴素的招牌，却有着吸引人想要进去看看的名字——“Once”。

曾经。

我没有特别怀念的人，也没有特别思念的过去，可是还是会对这两个字忍不住停顿一下。

那时我就笑过阿哲：“想不到你也能取出这种名字！”

或许跟那个女孩多多少少还是有些关系吧。虽然我不知道阿哲如果没有认识那个女孩，会不会就不是我认识的他了，可是我想，多少还是会有影响的，不然怎么样也无法把那么有范儿的一家店跟他本人联想在一起。

自动门在打开的时候，发出了清脆的风铃声。

阿哲不在，八成是开了店之后又不知道跑去哪里鬼混了，自从这两三个月他请了员工之后，常常这样跑去鬼混，真是，这就是当老板的好处吧！

点了一份他们新推出的特制活力早餐，我便随手从杂志架上拿了一本杂志，有意无意地翻阅着。

难得的一个星期天，这对于最近工作开始越来越忙碌、每天上班几乎都在东跑西跑的我来说，是一个特别悠闲的时光，尤其是在这流过汗的早晨。

“我看，阿哲那家伙不会那么早回来店里了……算了，等等再回去睡个觉吧。”我喃喃低语，想着先去趟洗手间再走。

就在我从洗手间走出来时，我的目光对上了刚从自动门外走进来的女孩——她。

不过她没有发现我，只见她用着愉快的语调对着坐在角落位子的一个女生挥手说道：“你已经到了啊！”

“白痴！你小声一点啦，很丢脸！”那个女生愣了愣，蹙眉地说道。

“对！”

她没有发现我，可是我们巧遇了——怎么办？我心跳得很快，真的很快。

因为我从没想过真的还会再发生这样的巧合，而且我似乎是真的期待。

可是她却没有看见我，我要跟她打招呼吗？不……不。

犹豫了一下，我默默结了账，转身就走。

随着自动门再度发出声音的风铃，响着。

“是你！”她那高亢的声音又再次吵到在座的所有人。

我一愣，转头看着她。

她也是一脸的诧异，然后慢慢地走到我面前来。

换下了诧异的表情，她仅是轻轻地一笑。

“嘿！我们……真的又巧遇了。”

“啊……”

“所以，算数吗？”她笑笑地问，可是那笑容却不让我觉得肤浅。

突然，我觉得有点丢脸，从来都是我用尽各种手段去追女生的，今天的我活像个没交过半个女朋友的腼腆小男生一样，面对着女生的主动，竟然这么措手不及。

好个措手不及。

因为我压根没想到，她竟然会主动，与她看起来的个性，这么不协调。

收起了腼腆的表情，我深深地吸了口气。

想着真的没有什么好逃避了，我都逃这么多次，偏偏就是有一种无形的力量不断地让我们再相遇，还不在一起，恐怕连路人都无法理解了。

我嘴角轻轻地一勾，没有回答。

可是她却跟着笑了，像是——早就明白了我想要说的话一样。

摩托车在快要停下的时候，发出了噗噗噗的声音，好像引擎就快要挂掉一样，很老旧了，这摩托车。

脱下安全帽，我想着跟她经过了三次的巧遇而在一起，不管过多久都还是觉得不可思议。

她总是说，那是因为我们天生注定，我总是笑她是不是琼瑶剧看太多了。

“怎么会是天生注定呢？如果是……我们就不会分开了，笨蛋。”我轻笑着，然后迈着缓慢的步伐慢慢走进屋内。

不过，也或许我们曾是她所说的那种天生注定，肯定是我在遇到她之前，造了太多爱情的孽，所以才得到这样的报应也说不定。

因为太扯了，我们分开得太扯了，扯到……我总不想要相信这竟然会是真的。

“唉……”叹了口气，不想再去想一些不开心的事情。

从车厢拿出要翻译的书，我便慢慢往公园的方向走，本来今天这么冷，真的不想要去公园那边翻译的，可是想想就算在家，其实冷的程度也没差多少。

“出去走走也好，看会不会暖一点。”早就已经不再慢跑的我，开始怀念起过去的冬天总是把身体给跑得暖暖的日子，可是到底，还是没有多一个人来得温暖。

“你不见了，连带着那些温暖也跟着不见了，就像不小心弄丢了钱包一样，好似石沉大海般找不回来了。”我喃喃自语，冷得打战。

我深深吸了一口冷得让人想要咳两声的空气，脚步已经接近了公园。我发现，一个人只要还在同一个国家同一个城市，那么曾经感受过的四季的味道，是不会改变的。

因为冬天的味道就不曾改变过，那空气的味道，我不会形容，但就是没有变。

走到我的老位子坐下，今天公园的人更是少得可怜了，但是老人们还是坚持着只要运动身体就会暖的信念，几个人聚集在一旁打着太极拳。

除了他们，平时那些会聚在凉亭底下下棋的老人就没出现了。

今天同样也没有孩童的嬉戏声，这让我有些不太习惯。

低下头，翻到上次的部分，一行一行地看过，边在脑中慢慢想着最适合的中文句子。

正当我才看了几行文字时，旁边应该是安静的秋千开始荡了起来。我的注意力被分散，转头一看——只见一名留着短发的女孩，面无表情地缓缓荡着秋千。

要不是现在是白天，她那张苍白以及过度没有表情的脸，真的会吓死人！

只见秋千随着那灵活地摆动，已经越荡越高了……就在她已经荡到整个人快要翻一圈之时，她突然大叫了好长一声！

“啊——”

我吓了一跳，是大叫，不是尖叫。

合起书本，我默默地走了过去，把书本摆在秋千一边的地上，我坐上了另一边的秋千，有意无意地轻轻晃着。

旁边已经缓缓放慢了速度慢慢荡下来的女孩，我看见，她已经哭得像一个小孩一样了。

“哇……呜……”不断地抽噎，她乱吼乱叫地哭。

哭，好像这附近都没人认得她，她可以放心地大哭一样，我也不知道为什么我要走过来，或许我已经渐渐习惯，在这公园遇到类似的情形，那个人肯定会想要说些什么给路人听。

而且，她这样哭真的很夸张，如果只有她一个人的话，肯定会被当成疯子吧。

说真的，有时候我很羡慕女生，可以这样哭，无论是怎样的哭法。

很羡慕，至少，这样就不会压抑得让自己总是喘不过气……总是……无法将那郁闷一扫而空。

“喂……你有没有面纸啊……”那女孩不知何时已经停下了，她看着坐在旁边不小心发呆的我说。

我愣了愣，一转头看见一个鼻涕已经滴到自己胸口上，眼泪还在不停乱掉的女孩。

点点头，从口袋中拿出一小包加油赠送给客人的面纸递给她。

她夸张地一口气把那些卫生纸给用完之后，便莫名其妙地开始唱起歌来……

我真的还是第一次在这里遇到这么奇怪的人，失恋的方式很怪。

虽然她的做法是很多人想要试一试的。

浓浓鼻音的歌声，悲伤的歌声，在这特别冷的一天，缓缓地在我耳边哼着。

她哼的那首歌我没听过，但是我想一定有她想要说的很多话在里面。

**我要试着飞出你的宇宙　趁心还没被你伤透**

**好让我还有力气　飞到下个星球　直到我不再感觉你的　温柔**

**(《宇宙》／唱 ZAYIN／词 Yalu／曲 Yalu)**

“今天，是我跟他分手的第一百天。第一百天了，我却觉得好像只是昨天的事而已。”停止了唱歌，她用着像在自言自语的口吻说着。

果然，开始了，她开始要说——说关于她和他，为什么会走向不好的结局的原因。

我又找出一包面纸递给她，一句话也没说。这似乎已经成了一个定律，在这个公园，当一个安静的倾听者的定律。

“我们也没在一起多久，快一年而已，常常吵架，他总是说我很幼稚，总是说我为什么不学学别的女生戴假睫毛，穿得再好看再流行一点，他一直在挑剔我。我不懂，追求我先说喜欢我的人明明是他。

“一开始对他没感觉却还答应在一起的人虽然是我，可他对我很好啊，一开始……真的很好，直到两个月前他开始拼命地挑剔我。之前，真的都很好。我敢说，这是我从出生以来，第一次有一个人把我放在手心里疼的人，就是他。

“我们是怎么分手的呢？只记得那天，他一样因为一点小事就找我吵架，然后，他就走了，简单地说了一句分手、一句不再爱我就走了。还补一句——反正我也没有多喜欢你。

“我想叫他不要走的，可是等我反应过来，他已经不在了。

“可是我已经爱上你了啊！我想这么说的，打了好几次电话，都被他挂掉了，真的太快了，这个结束太快了……你说，是不是我反应太迟钝了，所以才会觉得很快？

“他老说我笨我反应慢，我也这么觉得，因为我反应慢到——等我发现我爱他时，他却已经走了。留给我一堆太美太甜的回忆，走了。

“爱上别人了，他的疼爱不再给我了……

“明明一百天了，我却反应慢到好像只过了一天！好像那个分手只过了一天，好像……某天半夜睡觉，还会再接到他的电话，说他想我想到睡不着般……所以我就像个白痴一样夜夜失眠！一直等！拿着手机等到天亮了，才知道他不会打来了……”

她越说越激动，后半段几乎已经到了语无伦次的地步。

“我也想啊……我也想试一次半夜打电话告诉他，我很想他，可是还没这么试过，就结束了，算什么呢？”她摇摇头地笑。

“说来就来说走就走，为什么从开始到结束，我都没有一个可以选择的机会呢？这就是恋爱？胡扯！这去死的恋爱——”她几乎嘶吼地说，连不远处的老人家们都忍不住往我们这边看了一眼，然后又默默地继续做着他们的运动。

听到她最后喊的那一句，我忍不住笑了。

好啊！好个去死的恋爱。

用力地吐出一口气，她转头瞥了我一眼。

“抱歉，我是不是打扰到你了？其实我不是这里的人，只是因为太难过了，难过到不知道该怎么办了，才忽然想要到一个没有人认识我的地方，发泄一下……现在，我好多了，谢谢你的面纸。”她站起身，离开了秋千，洒脱地踏起了往前的步伐离去。

羡慕。又是这个名词出现在我的脑海里。

羡慕面对着爱情可以有着洒脱的勇气，因为要在爱情里拥有这种勇气是很困难的。不是每个人都做得到这样，但做得到的人，又不一定真的洒脱。

就像她，刚刚那个女孩。

那个努力想让自己踏出不后悔的步伐的女孩，内心却拼命地在流着泪。

“缘分……到底是什么？”

不自觉地，我径自晃起了秋千，一下又一下地，感觉自己的心情，似乎也跟着一高一低地摇摆了起来。

“啊……我想起来了，她刚刚……唱的那首歌……”大概是几年前的歌了,《宇宙》。

什么时候呢？什么时候我也有那个力气，飞出那个名为回忆的宇宙呢？就这么荡呀荡的，真的能飞？

“我们刚分开的时候,你也会难过吗？会吧……依你那傻瓜的个性，肯定每天哭得乱七八糟吧……所以，你也会跟刚刚那个女孩一样吗？一样——为了暂时忘记伤心的过去，所以选择暂时离开自己居住的城市，到没有人认识你的地方，透一透气吗？”

随着秋千高高地晃动，我仿佛在对这寒冷的风说着，喃喃自语着。

一下一下地，我也快要荡到整个人要翻一圈的那种高度了，心跳不自觉地加快，本能反应地加快，却又有种奇妙的感觉——我想，我知道刚刚那个女孩在荡到这个高度的时候，为什么会大叫了——自由，这心跳加快，又莫名快乐的感觉，叫作自由。

好像在这一刻松手的话，就可以得到自由一般，就可以彻底逃离那个自己被自己困住的枷锁一般。

一回神，我拉回了理智，拉回了那差点真的要松手的自己。

缓缓地放慢了速度，我停止摆动，重新调整了呼吸。

“是该……放过自己了吗？”

真的，真的不该再——寻找你了吗？

收拾了因为听了别人心情而变得乱糟糟的情绪。

又不想翻译了，现在的我只想回家。

打开门锁，看着空荡荡的屋子，突然没了力气地坐在了冰冷冷的地上。

明明今天是休假，什么也没做，可怎么会这么累？

“时间，到底可不可以倒转啊，倒转到那一天，如果可以，我一定……不会让那一天，是这样子的……是这样的……”话，说不下去了。

因为，我知道，再说下去，我会哭的。

这样的我太糗了，如果你突然回来看到的话，不就丢脸了。

“啊啊啊！烦死了！烦死了！烦死了！烦死了！”明明很想要用力大哭的，却不能，明明很想要干脆花钱上电视大喊你的名字，大喊你到底在哪里的，却也做不到！

愤怒。

莫名的。

我只能愤怒。

**自由。**

**如果真的怎么找也找不到你了，可不可以，给我一个自由？**

# Chapter 7

我不知道我该要去哪里。

离开了恩宁家，这个时候的我，应该是要回去店里，帮她跟店里的人请假才对，我本来应该要这么做的。

可是，不知道……我不知道我现在在想什么甚至想干什么了。

被恩宁短短一句好轻好轻的话语给提醒，我的脑袋好像瞬间，什么都空了。

好像过去的一年半多来，我努力的一切，又空了。

空得好彻底，就像刚刚恩宁的那双眼神一样，空。

我不知道为什么恩宁竟然还那么袒护那个人，我不懂不了解，因为自从他不在之后，我没有再谈过任何的恋爱，更可以说，他是我唯一有过的恋爱。

我不能理解恩宁，就跟恩宁不能理解我，是不是一样的？

“所以……我对恩宁说出了事实，也是很残忍的？”可是……那个人……那男的，他使用暴力！恩宁受伤了！家具乱七八糟，都坏了！

我就这样恍恍惚惚地骑着车，没有目的地不知道该在哪里停下才好——就像个没了容身之处的人。

等到我停下时，才发现我停在一间咖啡厅前，那间——咖啡厅。

在跟他同居之前，我们总是会相约等待的咖啡厅。

真是，好久没来了，更准确一点来说，自从他走了之后，我就再也没来过这里了。

因为害怕，害怕遇到以前认识我们的人，怕他们总是用一种很可怜的表情看着我，好像我是什么悲剧的女主角一般。

这感觉很不好受。

看着那些人的眼神，好像就在逼我自己快点承认那个事实一样，所以虽然想念，可是我再没去过任何我们曾常常一起出没的地方。

这样就不用老是被提醒了。

然而此刻的我为什么又会想要来这里呢？还是无意识地骑过来的，真的是因为太思念了吗？

哐啷啷——

我走进咖啡厅，这里没有改变太多，除了门口旁边增加了户外的座位区之外，里面几乎是没有什么变的，当然就连音乐好像也没变一样。

也是嘛，不过才短短的一年半，对于长期开店营业的人来说，这短短的时间并不会改变多少。

“你好，这是我们的menu，有推出新品的咖啡，可以参考看看。”

女服务生亲切地把menu放到我的面前，才惊觉，我竟然很自然地坐到了以前我跟他的老位子。

点了一杯焦糖玛奇朵，我便把目光看向窗外，以前，有的时候他因为工作的关系会迟到一小会儿，我好几次常看见他急急忙忙地把车骑到店门口停下，然后再假装出一副从容不迫的样子走进来，真的很好笑，而且他好像都以为我没看到。

“你笑起来比较好看。”忽然，有一个声音从对面那一桌传过来。

抬起头一看，是一名年近五十的伯伯，戴着一副眼镜，满是皱纹的脸，看起来有一丝和蔼。

“刚刚你一进来的时候，那个表情不好，你看这样微微笑一下好看多了。”他边说，边径自喝了口热咖啡，好像他在自言自语一样。

我愣了愣。

不知道该不该表达自己的善意，于是仅是轻轻点了点头，刚好我点的咖啡也送来了。

女服务生边把咖啡放到我面前，边在我的耳边悄悄说道：“小姐，不好意思，老伯不是坏人，他只是很需要跟人聊聊天，或让人听他说话而已，他并不会对人有不好的意图的。”

似乎是看出了我的防备，女服务生亲切地说道，然后笑一笑又走回了吧台里。

我又看了一眼老伯，只见他正低着头搅拌着自己的咖啡，那散发出来的氛围，莫名地，我觉得有点哀伤。

不自觉地，我端起了咖啡，走到老伯对面的位子坐下来，然后什么也不说，也搅拌起我的咖啡。

“你一定是很久没来这间店了，因为我没看到过你。”老伯抬起头，说着。

“呃……为什么不说我是第一次来？”觉得奇怪，他怎么知道的。

“因为——你从一进来这里，就透露出一种好像很怀念这里的感觉啊。”

我一听，没有回答他，只是默默地又低下了头。

“每天，这里总是来来去去的好多人，有的人来这里聊聊八卦，有的人来这里专心看书，有的人……则是在这里一直等着永远不会来的人。”他缓缓地说道，那音调非常和缓舒服，仿佛他在念哪首诗一样。

只是听到了最后一句，我有一点被刺中，难过了起来。

“老伯，那你是哪种呢？”我问。

“我啊……呵呵……应该是来这里，看看有没有人会陪我这老头儿说说话的人吧。”他幽默地一笑，我也跟着笑了。

他喝了口咖啡，也跟着我一起看着窗外说：“最近啊……我常去做运动的公园里有个很有意思的年轻人。”

“啊？”

有点反应不过来，他这是要开始跟我聊天的意思吗？

“怎么个有意思呢？我看他去那公园的时间也有半年了，一个星期大概会去公园三四次左右，每次都带着一本书，然后选张靠近公园嬉戏区的一张椅子坐下。”

“很有意思，因为一个星期几乎会有一次，有人会跟他聊天，与其说是跟他聊天，不如说那个人在自言自语，他在听，这样而已。”

“不懂，这样怎么会有意思呢？”

“因为他每次吸引到的陌生人，总是遇到某些事情非常难过，而且，那些人总是会想在他旁边说一说话，好像这么说了，心里也就好过点似的，明明那个年轻人从头到尾都没有应声的。”

“这感觉好像一个心灵辅导师一样。”我笑道。

“是吧！有意思吧。只可惜啊……从没有人想要听他说呢。”

“听他说？说什么？”莫名地，我竟然真的跟老伯聊起一个不认识的人的小八卦，这感觉真微妙。

“来来去去的那么多人，那么多不同的声音，他都选择了默默聆听，他却从没向谁说一说，所以我觉得他好像有点压抑得过头了。”

“压抑啊……也许他想说，只是不知道怎么说跟谁说吧……”

“那，你想听我说吗？”

“咦？老伯，您说的那个年轻人是你吧？”

“怎么可能！哈哈哈……我早就不年轻很久了！”

我也跟着笑了，感觉心情真是舒畅很多，于是我跟服务生加点了两份小蛋糕，一份给老伯，说道：“边吃边说吧，我听您说。”

“那你先听好啊，我说的也只是个故事啊。”

我点点头，吃起了蛋糕来。

“很久很久以前，在这间咖啡厅还不在，甚至咖啡厅之前的花店也还没开的时候呢，这里其实是一间小小的电器行呢，在我们那个年代，这一区的所有居民的家电，几乎都是在这儿买的，那个时候的我啊，不过才二十出头，也常往这儿跑。

“因为以前那间店的老板很亲切，看我有心想学修理家电，便让我每天放学之后，来这里跟他学习。

“也就是那个时候，我认识了阿桃，一个很可爱也人如其名的女孩，她的脸颊永远都像桃子般，笑容也是。阿桃小我三岁，那时候她还在念高中。每次她放了学见我在他们家的店里，总是会拉着我一起去散步……

“那时店老板也不反对我跟他家女儿走得近，似乎很乐观其成这样的发展，有一次还对我们说，阿桃要是嫁个大学毕业的男人，肯定以后的日子很好过！你没瞧见阿桃当时的表情，羞得多可爱啊！

“我跟阿桃正式交往了三年多，阿桃高中毕了业就在家里帮忙，她爸爸也打算以后让我跟着阿桃一起继承他们家的小事业。我家里的人也不反对，还让我在大学毕业的那一天，就一家子去他们家提亲。

“结果啊……那一天之后，我就再没见过阿桃了。”他说着，眼神黯淡了下来。

“咦？为什么？”

“瞧你紧张的，我就说这只是个故事了。”

“老伯你就别卖关子了，说嘛。”或许是老伯给人的感觉真的很像自己的爷爷奶奶一样的亲切，我忍不住撒娇了一下，逗得老伯又缓缓地笑了。

“那一天啊……我爸爸妈妈都穿得很正式，我爸还拿出了一件不知道什么时候替我买的西装让我穿上，那一天可是我第一次觉得自己像个男人呢，果然人要衣装，佛要金装啊！”

“当我们一家子开着车快要到阿桃他们家时……远远地，我们就看见那里有火光……等开到那里，更确定的是……阿桃家失火了……原因不明，一家子……无人幸免。”

老伯说到这，吃了第一口蛋糕，点点头笑道：“这间店的蛋糕还真不错！之前都没人请我吃过呢！”

“老伯……”

我抿抿唇，不再追问任何问题，仅是垂下头也默默吃着蛋糕。

我看见了，也读到了——老伯那眼神里满满的遗憾，跟我是这样像的遗憾。

原来，命运不止捉弄了我一个人。

原来，这个世界，不止我一个人，这么的悲伤。

"好啦，小妹妹，很高兴你今天陪我这老头说话，回家了回家了。"起身他结了账，便挥挥手，踏着那已经些许踉跄的步伐离开了咖啡厅。

我才深刻地感觉到，老伯似乎也一直在等待，只是他等待的不是一个人，而是死亡，等着那一天，或许他还有机会再见到他的阿桃……

突然，我像是想到了什么般，冲出了咖啡厅叫住老伯："老伯！"

"嗯？"

他转身看着我，远远地，目光里好像有些泛红。

"那个……你说的那个公园，在哪里呢？"

"啊！就在那！你过了这个马路就会看到了。"他指旁边的一个方向说道，然后微微一笑转身离去。

"老伯……"

离开了咖啡厅，我骑上摩托车，感觉整个心情更加惆怅了，是因为老伯的故事的关系吗？还是……停了车，才发现我已经到了老伯说的那个公园。

"就是……这个公园？"

那个总是默默聆听别人哀伤的人，就在这个公园？

情绪，莫名地复杂了起来，不为什么，就是很复杂。

因为我跟他，曾经……好久好久以前的曾经，也在这个公园里有着好多回忆，就跟老伯一样，就跟那聆听者一样。

“要下车吗？”我问着自己，不断地逃避过去曾经跟他去过的地方，加上这个，我今天就要突破两个了。

这是不是代表着我开始要选择了不再逃避？不逃避……如果不逃避的话……“我很有可能，就会慢慢忘记你的脸了……”

我就会相信你，真的不在了。

手机瞬间响起，让我吓了一大跳。

一看手机来电，竟然是恩宁。

我犹豫了好久才决定接起：“喂？”

“救救我……”

短短的三个字，让我当下错愕，然后马上挂掉电话冲去她家！

一路上边狂飙边愣愣地回想刚刚那三个字……恩宁，已经快要变成我不认识的那个恩宁了，那么脆弱那么轻声细语，那么……好像再用力推她一下，她就会崩溃般，我害怕了起来。

努力地告诉自己，绝对不能哭出来，就算再怎么担心也不能哭，因为恩宁看到我这样，只会让她觉得她自己很惨的样子，早上的经验告诉我，我真的不能再刺激她什么了。

再度来到他们家的公寓，我一口气冲上去，只见大门没有关，慢慢地，我走进去，客厅一样的凌乱不堪，不过却没见到她的人。

“恩宁？”

糟了，我刚刚也没问清楚她人是不是在家，就这样急冲了过来……要是她在别的地方呢？

隐隐约约地，我听见了一阵阵小小的啜泣声，这才循着声音找到了那房间，一开起旁边的电灯，瞬间吓了我一大跳！几乎倒抽一口气！

“恩宁！”

恩宁左手的手腕被她自己割了一道好深好深的伤口，而那不停流着的血液，已经沾染了整个床单，我几乎感觉自己的心跳快要停止了……

恩宁看见我来了，很虚弱地笑了笑：“小祈……今天……对不起……”

“恩宁！”我抖着手把她从床上扶起来，不知所措地赶紧随手抓了一件衣服按住她的伤口止血！

“恩宁……恩宁……你不会有事的！我马上打电话叫救护车！”

一手按着伤口，一手慌乱地找出手机，我焦急地叫了救护车！

看着脸越来越苍白的恩宁，有一种类似的害怕蹿上心头，那种快要失去重要的人的惧怕感……硬生生地，从不断被自己压住的记忆里跑了出来!

"小祈……他……走了……收拾了东西……走了……"她一字一句地说着。看着她那空洞的眼神，我心疼地跟着她一起掉泪了。

怎么会这样，怎么会这样呢?

"他离开我了……不论我怎么喊，怎么求他……他完全不再看我一眼……收着……他的东西……走了。"声音越来越微弱，她边说，眼睛边慢慢地合上。

"恩宁！看着我，不准睡！你听到没有！不要睡！不要睡！"

救护车的人员此时已经冲了进来，虽然他们明显被这屋内的情况给吓了一跳，不过还是很快速地把恩宁抬上了担架。

我慌慌张张，勉强地跟上步伐，坐上了救护车，看着救护人员紧急地给恩宁戴上氧气罩紧急止血的样子，我才发现自己已经抖得不能自已了。

对不起，恩宁……都是我害你的！都是我害你的！我早上不应该跟你怄气跑走的，我不应该走的，都是我害的！

"你是这位小姐的朋友吗？你有办法联络上她的家人吗？"其中一名救护人员问道。

"呃……她已经跟他们家断绝来往了……"

"不管怎样还是得联络，我们等等会告知警察帮忙联络的。"

"好……请问，恩宁不会有事吧？不会有事的对吧？"

“小姐，请你冷静。”

被人这样提醒，我才默默地闭上嘴，一路上救护车狂飙，我的心跳也跟着加速。

恩宁被推进急诊室，我愣愣地呆坐在外头，眼泪掉不出来了，全身抖到我无法控制的地步。

忽然，一个人慢慢地走到我面前。

“你是……小祈？”

抬头看见的，竟然是恩宁那个男朋友！

“我……本来有东西忘了拿，折回去，就看见了救护车，跑上去一看，发现家里到处都是血迹，才赶快冲出来追救护车追到了这里……”他低声地说，好像很努力要让自己表现得平静的样子。

我一听，站了起来，做出一件连我自己都无法控制的事。

“啪！”一巴掌打在他的脸上。

“既然都选择要离开了，就要有勇气不要再回头，离开的人是你，你已经没有资格再过问恩宁什么了！无论她今天是死是活都不关你的事了！”我的音量越吼越大，看到旁边的护士的目光，才努力地压制住怒气。

“我不知道……会这样……”他有气无力地说着，然后慢慢地坐到一边。

“我只会伤害她……我以为这么做对她才是最好的……我不知道

会这样……”他说着说着，竟然哭了起来。

我没再说话，只是也好痛苦。

看着他们彼此之间，再看看自己——好痛，为什么一定要在这么痛的时候，才能感受到爱的存在?

明明他们就是相爱的，为什么还要掺有那么多无谓的争吵跟痛苦?

**勇气。**

**我想我一直在寻找、在等待的不是你，而是一份面对你已不在的勇气。**

# Chapter 8

恩宁最后是救回来了，医生说，再慢一点送医院，她可能就会因为失血过多而死亡。

还说，先在加护病房待一天，等她清醒、状况稳定之后才能转回普通病房。

恩宁的男友进去看了她一下便出来了，由于时间已经很晚，加护病房的探望时间也过了，我跟他带着那种诡异的气氛，一起蹲坐在医院外面喝咖啡。

当然，他的情绪也冷静下来许多。

“我们……其实一直都在争吵。”他喝了一口冰冷的咖啡，说道。

“一直？恩宁……从没告诉过我。”而我也从没发现她那些脆弱的情绪。是不是很糟糕呢？这样的好朋友……真的很糟糕吧。过去一直活在我自己的哀伤之中，因而忽略了身边重要的人的情绪变化。

我想起有一年恩宁过生日，她跟我说：“从小，我习惯把什么事情、负担都往自己身上揽，这样的个性让人误以为我很坚强，一个坚强到可以独自面对任何事情的人——也因为这样，从小到大，不管是亲人、情人、朋友，从没问过我一句‘你怎么了’。”

她当时是这么说的，只是她说这句话时的表情，是很坦然且轻松的，就好像是闲聊时不小心聊到的一样，而我，却因为当时正在最哀伤的情绪中，没有心情去问她一句：你怎么了？

“有的时候我常会想，从在一起一两个月后就开始常常大吵的我们，怎么有办法在一起这么久，分手几乎分了不下百次的我们，到底怎么走到现在的？

“老实说，我真的不晓得。我每次回顾我们一起走过的岁月时，最常回忆到的永远都是争吵，一再地争吵、停止不了地争吵，这好像已经变成了我们生活中的一部分似的。

“好几次，我常常半夜发现她没有睡，偷偷背对着我躲在被子里默默流泪的样子——这真的是我们要的吗？”他点起一根烟，慢慢地说着，他和恩宁之间的感情。

“也许，你给过恩宁某些珍贵的快乐回忆，只是你自己也忘了，所以恩宁才想要一直跟你一起维护这段感情吧。”

“不……这绝对不是原因，我想原因我跟她心底都很清楚，只是我们不想承认。因为我跟她太像了，个性像，从小吃过的苦也像，就因为这样，我们其实都很怕寂寞，很讨厌一个人的感觉……”

“因为讨厌孤单，所以在找到下一个喜欢的人之前，我们宁可……宁可这样苟延残喘地维护着一段几乎没有爱的感情。可是，这样一点也不快乐，真的不快乐，我不想再这样下去，才决定铁了心这次一定要分的……”

“怎么会……这怎么可能？恩宁她真的很爱你！难道你自己都没有感觉到吗？她爱到现在都倒在医院里了！你还感觉不到吗？”我有点气愤。

他怎么可以……怎么可以这么轻易地就把恩宁跟他努力维护的多年情感，说成了是一种……没有爱的感情？

没有爱的两人，真的有办法假装相爱这么多年吗？能吗？

“不懂的……是你。因为真正跟她每天朝夕相处在一起的人是我，我自己会不清楚吗？

“你也许会想，怎么会有人假装爱着对方这么久？是的，有可能的，所以假装到了最后，连她也分不出自己真正的情感以及想要的到底是什么了。

“可是，我却发现了，在上个月她生日的时候，我就发现了，发现我们始终都不快乐的这件事情，发现我们应该放彼此一个自由……”

“烟要烧到手了。”我提醒着他。

“我跟她真的都禁不起再一次争吵的折磨……我知道我一生气就会乱摔东西，可我也不知道为什么会这样，没办法控制，那一瞬间我就是没办法控制，但我知道等我气消之后，心里的伤痕总是随着日积月累，越积越深……”

踩熄了烟蒂，他站起身又说：“这几天请多陪陪她吧，她需要你。还有……如果有好的对象，就介绍给她吧……”说着，他双手插进了口袋，感觉有点狼狈又有那么一点落寞感。

我不懂，他们之间的爱情。

那太复杂了，复杂到我不能理解爱情也能有这种怪异的姿态。

那算爱吗？

为了不让自己孤单寂寞，而没有感觉地彼此互相取暖，这样真的……

“等等。”我站起身，忽然想到了什么，还不能让他走。

我走到他旁边，不给他任何准备，用力地打了一巴掌！

“这，是我替恩宁打的。”

他没有说什么，只是摸了摸有些吃痛的脸颊，低下头转身离开。

瞬间，我突然觉得，爱情真的没有谁对谁错，. 毕竟，都是自己选择的。

我在医院来来去去地徘徊了一整晚，直到隔天早上八点半。医生查过房，并让恩宁又去做了一大堆的检查之后，在中午转回了普通病房。

我特地去外面买了补身体的鸡汤给她。

“小祈……”正半靠在枕头上，凝视着窗外发呆的恩宁，看见我走进病房，虚弱地说道。

“还好吗？”

她点了点头，说：“对不起，让你担心了。”

听护士说，早上还请了精神科的医生，来跟她聊聊，并开了一些能够稳定情绪的药物给她。

果然，恩宁整个人感觉冷静了许多。

“我才该说对不起……算了，不提这个，来吧，我带了爱心鸡汤给你！”

“小祈……他……”

“他走了。”

听见她想要问起那个人，我只是装作不在意地，淡淡地回答她。

“这样啊……”她垂下了眼帘，不发一语。

“喂，干吗那种脸啊，别告诉我你这么舍不得他，是因为他还欠你钱，你来不及要回来！”我半开玩笑地说，想学她平常逗我笑那样。

恩宁一听，是笑了，不过是苦笑，她说：“是啊……其实……他已经好几个月没工作了，我好不容易有的存款，也被他花得差不多了……”

“你……说什么？”

我一愣，瞬间的想法是——早知道昨天就多赏他几巴掌了！这浑蛋！

“我们这阵子越吵越激烈，为的就是这个……你知道吗？每当我看着我的钱越来越少，负担越来越重，然后他每天就像个病人一样，几乎都赖在床上不起来……我一天买两次饭给他吃，他除了上厕所以外，几乎都躺在床上看电视，要不然就是赖在计算机前……”

“恩宁，好了，我知道了，你别激动。”

她摇了摇头，说：“连我也搞不懂，干吗为了那种废渣，昨天情绪激动地做出这种事了……”

“你只是累了，没事的。”我说着，轻轻抱住了她。

你只是一时无法接受，自己突然要一个人，住在那个房子里，我懂的，我怎么会不懂呢？

看见情绪以及身体都无大碍的恩宁之后，下午，我便放下心来，想要先回家补个觉。

“好无奈……”我走出了医院大门，喃喃自语。

我想，恩宁昨天会那样失控，真的是压抑了好久好久，很多复杂的情绪都掺杂在一起的关系吧。

突然发现，今天有着很温暖的阳光，虽然冷风还是吹得我忍不住哆嗦了一下，却让那阴郁了一天一夜的情绪，仿佛得到某种慰藉般的舒服。

还有一种类似熟悉的感觉，是什么，我并没有去执着，就是一种熟悉感，仿佛瞬间擦身而过一般。

**如果，我是说如果。**

**如果时光倒流，你还在，而我们也在一起，当抵不过现实的残酷，不小心也走到了这一步时——我们会有勇气去面对这爱情的尽头吗？**

“阿嚏！”

我哆嗦着打了个喷嚏，在医院的停车场停好了车，艰难地一步一步往医院里面走，不知道是不是这几天越来越冷的关系，一大早起来就疯狂地流鼻涕，一下子就用掉了半包面纸，鼻头也都磨破了皮……好糟，好个糟到不行的冬天。

以前，还跟她在一起的时候，每次冬天都被她给填补得好温暖，从来没感冒过的。

忽然，在经过了医院大门的瞬间，我疑惑地顿住了脚步，没有原因的，顿住脚步。

“好熟悉……的味道……”下一秒，我一惊！

难道是……她？

用力一回头，看到的却是人群，我努力想在那来来往往的人群中，看到可能一丝像她的背影……可是我却发愣了。

我……好像有点记不起，属于她的背影了。

怎么会？不过才这么点时间，为什么我突然要回想，却什么也想不起来呢？

“先生,不好意思,请别挡在路口好吗？”一名路人很不高兴地说道，我赶紧道了歉，走进医院里。

“怎么会……记不起来？”满满的阴郁感就这样紧紧地缠绕着我，在一大早的突然生病的病假日里。

恍恍惚惚挂了内科，我乖乖地坐在一边等着我的号码，心里却不断回想，为什么那一瞬间我会有这么熟悉的感觉？

是味道、是无意看见、还是……那个曾连接着我们的线，回来了？

“八成我生病的关系吧，连脑子都快生病了！”我摇摇头喃喃自语。

后来我就开始看着那个号码灯发呆，发现它几乎十五分钟才很勉强跳一个号码，看着我的单子，前面明明就只有十个人排队，我却突然烦躁了起来。

起身，我决定偷偷跑到逃生梯那边抽根烟提提神。

鬼鬼祟祟地，我趁护士一个没注意，就钻到了逃生梯内。

正要点起一根烟的时候，我听见了一个很诡异的啜泣声，在整个楼梯间内回荡——我马上毛骨悚然了起来，虽然说我并不害怕这种情况，可是在医院总显得格外诡异。

吞吞口水，我决定顺着啜泣声找到源头，不然我真的没办法好好安下心来抽烟，往上爬了两层楼的楼梯，隐约看见了一位老爷爷蹲坐在楼梯的阶梯上，掩面痛哭着……

“别哭……别哭了！”

他边哭边告诉着自己，不停地擦泪，可是那眼泪好像永远擦不完一样，一擦掉马上又涌了出来。

这画面连我这个不相干的人看了，都有点难过。

对方是年约七十岁的老爷爷，一身普通的穿着，顶着早已白透的发，好沧桑的一个背影。

我尽量装作若无其事地走到他的旁边坐下，然后点起一根烟。

“年轻人……不好意思可以跟你借根烟吗？”他边吸着鼻涕边道。

“好啊！”

我二话不说马上拿给他，说：“老伯，年纪大了抽多不好的。”我尽量让自己的语气更若无其事一点。

“早就戒了三十年了，我老婆……我老婆逼着我戒的。果然身体真的好很多呢！”他也是努力借着跟陌生人说话，让自己别再哭泣，只是一提到“老婆”两个字，他的眼眶又红了起来。

“老伯，您怎么了？”

“没事没事！呵呵！让你看笑话了！”他勉强笑道。

我耸耸肩，说："您可以跟我说没关系，我会装作没听到。左耳进，右耳出，年轻一辈的小孩，不都老是这样被骂到大的吗？"我笑了，笑得很轻，只希望这轻松的气氛能够让他好一些。

"我老婆……胃癌晚期，医生说……说她只剩一个月了……"说着说着，他不再克制自己哭了起来。

"刚刚她还交给我一本小簿子，你看。"

他拿出一本小簿子借我看，那里面几乎满满写了将近半本的内容，全都是一些家庭琐碎的杂事。

"我很健忘，又不太会打扫家里，你看她，还把倒垃圾的日期，米多久买一次，连晒衣服怎么晒她还画图给我看……我……我不想要这个……我知道这是她很用心要写给我的，我不要这个，我只要她，还在我身边就够了。

"我还想要一早就看见她很安心睡在我旁边的样子，还想在看电视时，看她辛苦打扫的样子，还想再多听一些唠叨，还想她总是为在外住的孩子们担心，老是一个人偷偷看孩子照片的样子……"

老伯说了好多好多，关于他们之间生活了几十年的共同记忆，以及每天再平常不过的任何一个习惯。

那些习惯，不知道为什么，总在别离的时候，变得好伤感，变得好让人痛彻心扉。

我忍不住地竟然跟着鼻酸了。

老伯哭得一把眼泪一把鼻涕的，我又像之前一样，不知道怎么安慰才好，只是默默递了一根烟给他。

“一个月，真的好短。一个月能干什么呢？扣除掉她越来越疲惫，老是想睡觉的时间，我们……还有多少话可以讲？我还可以看到她忍着痛苦牵强的笑容多少次？”

“呵呵，说来真是丢脸，我明明在娶她的那一天对她许愿过，宁可我比她慢走，也不要留她一个人在世上难过的……可是好难做到啊！好难啊……”

第一次，真的是第一次看到一个老人家哭得这么伤心，那哭声仿佛穿透一般撕裂，回荡在这狭窄的楼梯间里，好久好久。

等到老伯情绪缓缓冷静下来后，他已经抽第四根烟了。

“谢谢你，年轻人……谢谢你。我得走了，得趁着她中午醒来之前，回去浇浇她种的花花草草，不然啊，她又要说我了。”

老伯淡淡地说着，起身迈着沉重的步伐离开了。

“早知道……就不来医院了。”

真是一个充满了哀伤的地方。

每天到底有多少人呢？多少人跟老伯一样，面临着生离死别的伤心呢？如果是我……遇到的话，我还有办法独自撑过余后的岁月吗？

“嘀嘀嘀！”

手机忽然响起，一看，是阿哲。

“在哪里啊？”他的口气听起来有点着急。

“怎样啊？在医院等着看病啊。”

“不要看了！”

“怎么了你？中乐透彩了啊？”

“我看到她了！在我家附近的超市！刚走出来！”

“……”空白，像是被那一句话给轰得完全不知道该想什么一样空白。

“喂！你有没有在听？”

“有……”

“不管了！你现在马上过来我家楼下等！我去追！”

阿哲匆忙地挂断了电话，而我在电话挂断时，才慢慢地又让大脑重新清醒了过来。

“看到……她了？”

砰！

我迅速地冲出逃生梯，门不小心被我关得很响，着急只想往医院外跑！

真的……看到她了吗……你没看错吧？阿哲……你没看错对吧？

心跳得好厉害，脑子乱得快要无法思考，我跳上了出租车直奔阿哲的家！

忽然，手机又响了！

我手抖得连手机都快拿不稳了。“喂？”

“对不起……我……跟丢了。”

“……”

“对不起。”

“没……关系。”

我脸色很难看地挂断电话，看了司机一眼，说：“司机，麻烦掉头往回开吧。”

恍恍惚惚地，我又回到医院前。

感觉整个身体有点发软，不知道为什么。

“不过，我们不是天人永隔，还是有机会的，对吧？”试图安慰自己的我苦笑着说。

如果，我说如果。

如果直到我们生命的尽头，仍然无法再见面，你还会记得我吗？

# Chapter 9

好累。

回到家，没有食欲的我直接空腹吃下医院开的感冒药，却还是觉得全身疲惫极了。

吃完了药，我往床上一躺，想着这样会不会好一点……

“还要这样到……什么时候？”我怕我……快要没有力气等下去了。

你的脸我快不记得了，你的声音，你的一切，正在可怕地慢慢消失在我的生命中……

时间的流逝真的很可怕，一点一点，在我没有察觉的情况下，你……原来已经不在我身边这么久了。

闭着眼，我试图慢慢继续回忆你，继续回忆我们是怎么变成这样的，即便我早就反复回忆了不下百遍，仍然不知道为什么，但或许这么做，你的轮廓又会深深地出现在脑海，而不是越来越模糊吧。

凌晨，我趁着她睡着的时候，偷偷地上网查询一些东西。

我们已经同居一年多了，虽然这一年多里，我们偶尔会有一些生活习惯上的小争吵，不过我们总是很快就和好，只有一次，是因为我没有帮忙打扫家里，而让她跟我冷战了一天。

当然，最后还是我投降了，投降于她的倔脾气。

我在这天偷偷上网是为了预定某一间很有名的法式餐厅的座位，我想一个男人会这么神秘的订餐厅，目的是什么已经很明显了。

对，我想求婚。

在我这周末去出差回来之后，我想给她一个惊喜。

当然不能先让她知道，否则以她的个性肯定会大肆得意起来，一天到晚在那里傻笑的样子真的很不雅观……

“噗。”

我笑了，光是想到她那个模样我就想笑。不过，我不是这么有自信她一定会嫁给我，这种事情不到最后一刻很难说，所以还是先保密的好。

“嗯……阿奕……”忽然，她像是半梦半醒地，揉了揉睁不开的眼睛，叫了我一声。

我缓缓地走过去，轻吻着她的额头，问："怎么了？被吵醒了？"

她摇了摇头，说："睡觉了嘛，不要再玩电脑了……"

"好好好。"

走回电脑前，我关掉已经在线订好的餐厅网页，关了机，满心期待地拥着她睡觉。

拥着她。

是啊，以前我们总是这样相拥着入睡，我早就忘了那种感觉是什么样的了。

终于到了我要出国去出差的那一天。那家伙一副舍不得的样子，但一听到我跟她说，等我回来有话要告诉她，她那时的表情啊，像是猜到了什么又不确定的样子，又高兴又烦恼，有趣极了。

这一趟去美国，只是跟那边合作的旅行社做一些简单的报告而已，所以并不用待很久，一天的时间我就可以把工作给搞定。想说这样还可以留点时间，好买一些纪念品送给她。

回来时，我还特地在机场买了一对印第安人的娃娃饰品。她很喜欢这些东西，特别喜欢研究各国的神秘文化，虽然我老说印第安人的文化应该不算神秘，但她每次一听都会嘟起嘴跟我争辩。

我看着手上刚买的饰品娃娃，边幻想着她会有多开心的样子，我就觉得高兴。

忽然……就在我发愣的时候，一个人用力地撞了我一下！瞬间把我的行李包括手上的袋子和娃娃什么的一口气给抢走！

我愣了两秒，才回过神去追他！

“别跑！小偷！喂！帮我抓住那个小偷！”

情急之下我用中文大喊，后面才改用英文，等到在场的人听懂之后早就来不及了，那个小偷跑得很快，一下子就不知道跑到哪里去了。

我赶紧跑去警卫室那边去告知他们我的情况，不过他们很显然对我的事情抱着一种爱理不理的态度，只敷衍地说，好的，会注意看看什么的，等等会再帮我看看监视器……

说完这些之后，他们又继续吃着甜甜圈，看着电视，我气得一把火就冲了上来，转身就走！

心里很慌，毕竟我的机票还有护照等所有身份证明的文件都在行李箱里，现在我身上除了放在口袋的求婚戒指之外，其他什么都没有了！

“糟糕！怎么办？”

随着登机时间逼近，我慌乱地在机场乱跑乱窜，想着那个小偷肯定还在机场内，也许可以自己抓到他……不过我连他的脸都没看到要怎么抓！

“可恶！”

我着急得汗在狂流，却无所适从——在异国突然遇到了这种事情……到底该怎么办才好！

对了！打电话！我口袋还有零钱可以打电话！

赶紧跑到了公共电话区，我打长途电话回公司，想要他们那边先帮我重新补办文件，不过随着长途电话的一再等待转接，好不容易转到了公司，又经过了两次转接，等我听到主管的声音的时候，我才喂了一声就没钱自动挂断了……

“可恶！可恶！”

我忍不住对着公共电话发起脾气来！用力拿着话筒砸公共电话！

刚刚那两个警卫突然出现把我架住，对我说，我再这样破坏公物，他们就要把我移送法办了。

“我不是说我所有东西都被抢了吗！你们怎么不帮帮我呢！我所有的证件都在里面！”我口气很不好地说。

“我们已经在替你处理了，不过这里本来扒手就很多，你自己也要检讨一下怎么这么不小心……”

火大，真的火大！

我转身离开，看着我的那班飞机已经起飞了，我就更一肚子的火！

臭着一张脸又着急地，我开始想向准备登机的旅客们一点一点地借些零钱再打电话，不过他们或许是因为我给他们的感觉不太和善的关系，都没有借我。

有些人还讽刺地说道：“既然是乞丐就该到机场外面的门口那边跟其他乞丐一样行乞，干吗还混进机场，以为这样就会拿到比较多的钱吗？”

我气得转身走人，跑到了厕所去冷静一下，用冷水一再洗了好几遍脸，我看着镜子……已经急得不知该如何是好了。

“我要回去！我今天一定得要回去！”

后来，我在机场的厕所内最后一间睡了一夜，说真的，要是可以，我也想去外面向人乞讨一些零钱，不过由于我没有任何证件，所以无法出境，形成了一个进退两难的窘境。

直到隔天，我走出厕所，在机场内游荡的时候，无意间看见了电视播放的一则新闻，我则愣住了……

昨天，昨天那班本来是我要搭乘的飞机竟然失事了！

而我的名字也出现在死亡名单内！

种种不祥的预感袭来，除了昨天延续到今天的焦急，更是充满了一大堆的害怕！

我没有死啊！

可是我要怎么证明我没有死，而且可以快点回去呢？

我又跑到了警卫室，刻意装出一脸和善，并告知他们昨天那个偷我东西的小偷可能代替我搭上了那班死亡班机，想请他们替我联络在这里的办事处，协助我回国。

可是他们却一点也不相信我的说词，态度恶劣地叫我滚开。

后来呢？

后来我到底怎么回来的，又是怎么在那样的地方辛辛苦苦地活下来的？

我想起了好几年前曾经看过的一部电影《幸福终点站》，里面的男主角也是跟我差不多的处境，还奇迹地在这里生存了下来。听说那是改编自一个真实故事，所以我就想既然人家可以，那么我一定也可以。

我开始靠着翻附近垃圾桶里的食物过活，好几次我终于体会到以前曾经看过的那些流浪汉的心情是怎样的。

为了活下去，你得失去自尊，你得不再在意任何人的眼光，你得忍受不会有人理你的孤独，你得……

真的很不好过，每天我都在厕所睡觉，有时他们为了不让我老是在那里面过夜，甚至会故意把厕所的空调调得很低……那些日子，我几乎快要忘记自己是谁了。

每天我除了到处翻找东西吃之外，就是躲在不明显的地方，偷偷看着每个准备出境的旅客，只要看到中国人我都会冲过去，问他是不是和我来自同一个地方，能不能帮帮我，替我联络办事处。

当然十次可能只有三次碰对人，但因为我看起来就是一个流浪汉的样子，我说什么人家当然也不可能信。

一次又一次，我反复失望着，甚至快要绝望了。

我想着她，想着她会不会以为我真的死了，想着她是不是还在等着我回去……只有这个念头，是我最后唯一支持着自己撑下去的希望。

过了半年多。

有一次，我一如既往地冲过去问对方是不是和我来自同一地方时，对方一开始被我的样子吓一跳，最后还是点了点头。

我跪了下来开始求他，他更是吓到了，连忙把我带到一边的椅子上，问我怎么了。

我才一五一十地把所有的情况告诉他。

“你说你……是那个班机的乘客？”

“不！不是！我没有上飞机，是偷我证件的人上了飞机……”

他用着相当迟疑的眼神看着我，沉默了好一会才说：“你要不要抽烟？”

我一愣，点了点头，这还是第一次有人听了我的说辞没有转身离开，反而是问我要不要抽烟的。

他带着我到机场内的吸烟区递给了我一根烟，我颤抖地接下。

已经半年多了，半年多我都是捡地上人家的烟蒂抽，悲哀到连我自己都想不到，我会有这么惨的一天。

“我真的不太相信你。”对方轻轻说道，他看起来三十多岁左右，很明显是来这里出差的样子。

“我知道……”

“因为我不相信有人过了这么久的时间，还可以不会绝望，保持着那么强烈想要回国的心态。”

“……因为，我有个不想让她以为我死掉的人在等我。”我说，只能这么说。

“我会帮你联络办事处的，不过——如果你骗我，我会反控你欺诈，这样，你还要我的帮助吗？”

我愣愣地点点头。

然后，他要我隔天同一个时间在这个吸烟区里等他，他会把办事处的人带过来进行身份确认。

隔天，他真的带了办事处的人来了，一下子看见这么多愿意帮助我的人，我真的有种说不出的感动，我哭了。

哭着拼命地谢谢对方，这是我发生事情以来第一次哭，哭得很厉害。

后来经过两个小时的各种确认，以及过去我所有从小到大读过的学校住过的地方等一大堆资料后，他们就答应帮助我了。

他们先将我安置在办事处的一间房间里住宿，说必须给他们时间更仔细地确认等等，且还要帮我重新申办一大堆资料我才能回去。

我就这样在办事处内以被软禁的形式生活了四个多月，才终于可以回去了。

在搭上飞机的那一刻，我激动得全身颤抖着……

过去将近一年，忍受了多少个夜晚的痛苦与孤独，终于……终于……可以回去见她了。

经过了十几个小时的飞行，在我下飞机的那一瞬间——那种终于回到家乡的感觉，真的很……让人想要泪流。

我在机场用了那个帮助我的人给我的一些钱，打电话给阿哲，当然，他一听见我的声音几乎是吓了很大一跳！

之后，他便开始认定我是诈骗集团，声音竟然还可以学得这么像之类的。

我告诉他我在机场，他可以来确认我是诈骗集团还是鬼。

“你叫我去我就去？诈骗集团叫我去死我也要去死？”

“拜托，你阿哲也会怕被诈骗集团骗？别闹了，快带我去阿姨那吃早餐吧，我饿死了。”

“你……”电话那头的他一听到这儿，愣住了，然后告诉我叫我在大门口等他，便挂断了电话。

记得那时阿哲看到我简直吓傻了，然后我还隐约看见他眼睛稍稍泛红地紧紧抱住了我。

我也拍了拍他的背，笑了。

阿哲一路上叽叽喳喳个没完，像是有很多事情想要一口气全部说完一样。

“对不起，阿哲，可以先带我回家看看吗？”

握着方向盘的他，稍微迟疑了一下，说：“阿奕，你知道的，你那间房子是租的，不可能……”

“我知道。”

等我回到久违了将近一年的家之后，那间房子早就变成一间空屋，我后来跟房东联络，并跟阿哲借了些钱，想重新把房子给租下来——房东看到我也一副看到鬼的样子，我无奈地又解释了一遍。

等到我再次进入那间屋子时，看见空荡荡的样子，那曾经装满了回忆的屋子，变得好空荡，我沉默了。

“那女孩啊，真是让人看了很心疼啊。你‘死后’的一个多星期，她开始丢这里的东西，直到全都丢光为止，她几乎是边哭边丢，甚至还会莫名其妙地大叫，我想……她是崩溃了吧。”房东缓缓地说着当时的情形。

“她呢？阿哲，她呢？”

“她……我不知道，你不在之后，她一次也没来过我的咖啡厅了，有听说她离开了这里，跑到别的地方去了，后来怎么样我就真的不知道了。”

等到阿哲和房东都离开之后，我独自慢慢打扫着那空荡荡的房子。房东说他隔天会再把床铺跟电视等家电用品送过来，我打扫到一半，忽然没有力气了。

很心疼，心疼那样为我哭的她，心疼到恨不得现在就紧紧抱着她……

可是，我找不到你了，对不对？

丢下了抹布，我紧咬着牙根。“怎么可能找不到！”我冲了出去，想到我还记得她那最好的朋友的家。

没想到她那个朋友早就跟家里的人撕破脸搬了出去，连搬去哪儿也不知道。

当然他们更不可能知道她在哪儿了。

是那个时候吧，我才发现我竟然对她这么一无所知，不知道她还有没有家人，偶尔听她提过几次有个姐姐，却不知道她姐姐人在哪儿，不知道她为什么一个人生活在这个城市，不知道……好多不知道。

“怎么会呢？我不是……一直是最了解你的人吗？”

“你觉得，缘分是什么？”

某次，在她看完那本《再见，总有一天》的时候，她这么问我，而我却回答不出个所以然。

是不是她早就知道了呢？早就知道……我们总有一天，会走到这样的局面。

“我不管什么缘分，那算什么？到底算什么？你去了哪里？到底在哪里？在哪里？我要怎样才能让你知道……我没死，还好好地活着！还在这里很用力地等你呢？”我大喊，再一次地在这间屋子里歇斯底里地大喊。

但我知道，我的呐喊，永远……永远传不到她的耳朵里了。

好多还来不及做的事情，再也没办法为她做了。

如果，如果阿哲看到的人真的是她，那么为什么明明我们就活在同一个城市里，却为何无法再相遇了呢？

“我……真的……好想你……”用手掩盖住眼睛，不想自己的脆弱轻易地暴露在空气里……努力，克制住那想要哽咽的行动。

只是好累啊！真的好累了。

我快要没有力气了，一直坚持到现在，不能找到你，好像就没有意义了。

**曾经想过要忘记，重新开始。**

**可是才发现，忘记你，比找到你还要困难。**

# Chapter 10

虽然说，整夜没睡已经很累了，可不知道为什么，在我去了超市买了一些面包跟牛奶之后，突然好想去一个地方。

“天气，真的越来越……冷了。”好冷的冬天，骑着摩托车的手，都已经冻得有些刺痛了，还是不懂为什么以前的我会那么喜欢冬天。

是因为，那些冬天里有你的关系吧。

骑着骑着，等我停下来的时候，我发现我竟然骑回以前跟着他一起住的那间小套房楼下。

我看着，看着这门口、那楼梯、那层楼……还是忍不住眼睛红了起来。

记得当初我是从这里逃走的，在周遭的人不断重复着事实，甚至安慰我的时候，我受不了了，快要疯了……

其实现在想起来真的有点后悔，当初怎么会失控地把房子里的所有东西都丢了呢？如果没丢，也许现在我还能有更多属于我们之间的东西，可以偷偷地，仿佛能再一次重温那些记忆。

爬上了楼，我缓缓地走近那间套房的门口，发现外头摆了两三双男生的鞋子。

“原来，这里早就换别人住了。”

时间，好像真的过了很久了，对不对？连曾经我们的家，现在也都成了别人的家了，它将会淡化我们的记忆，继而覆盖上别人的新记忆。

“为什么……我要这么冲动地搬走呢？可是如果我没搬的话，会不会……早就逼疯我自己了呢？”

是啊，那个时候的我，真的太痛太无法接受了，当然现在也是，只是因为时间的关系——仿佛，我跟他在一起过的痕迹，也渐渐被磨灭了。

转身，我准备下楼，看着这楼梯间，我想起了过去我们还在这的时候，常常幼稚地边下楼边嬉闹的模样，还有一楼的楼梯口，他老是喜欢躲在那里吓我……

忽然，我想起以前我去日本时买的一本书，《再见，总有一天》，因为那内容太感伤了，让我看完之后一直忍不住为男女主角之间的缘分感到难过。

莫名地，我在那时就问了他一句："你觉得，缘分是什么？"

那个时候的我们，都回答不出来个所以然，虽然被这太过于严肃的问题给尴尬了一下，不过我们很快又忘记了……

现在，想起来，是不是有些讽刺呢？

缘分，原来是这么容易就失去的一样东西。

骑着摩托车，我在我们第二次见面的那间书店停下，看着那书店的门口，我迷茫地待在摩托车上，想起了那一天。

我一直以为我们是人家所谓的那种命中注定，那种不管绕到了哪里，最后还是会碰到对方的那种命中注定。

或许就是因为我跟他之间的开头太过浪漫了，所以才会在失去之后，特别……特别无法接受吧。

走进自动门内，发现这间书店根本没什么变化，那天他带着我选着他推荐给我的书的样子，仿佛清楚地重现了。

无法再往里面靠近，我退后了一步，转身走出店外。

"是不是……到了该真正面对过去，然后……离开过去的时候了呢？"骑上摩托车，我轻轻地呢喃。

我承认，我所在的世界，所生存的地方，永远不会再有他了，可是却无法承认，我们的过去，不曾存在过。

这样，要怎么忘呢？

怎么能忘。

**——有时，我真的宁可你跟我只是分手了，至少这样，我还能偶尔，看到你。**

一觉睡到了隔天早上，却还是摆脱不了那种很疲惫的感觉。

他不在之后的每一天，我总是痛恨自己的清醒。有时常会幻想，要是我在睡梦中，突然心脏病发作之类该有多好，也许死了，就不会再寂寞了，就能看见他了。

每当我有这种想法出现时，另一个自己总会骂道："怎么可以死？要是他其实没有死的话，不就糟糕了！"

呵呵，要是他这时候在的话，肯定会骂我又在乱想了吧。

"真的好久了呢……好久没听他骂我一声笨蛋了……"眨了眨眼，还没完全清醒的我，又莫名哭了。

抹干了眼泪，我坐起身，告诉自己今天还要去照顾恩宁，别再瞎想了。

等我去到医院，便感觉恩宁今天好像恢复正常一般，脸上的笑容变多了，脸也红润了不少。

才刚想说这间医院的治疗也太神奇了吧，下一秒，我就瞥见旁边的看护床上留了一件男性外套。

我故意装作没看见，笑道："恩宁，你今天看起来好多了呢。"

"嗯，是啊。那你呢？这两天没累坏你吧？"恩宁放下我昨天带给她的一大摞租来的漫画，说道。

"没……对了，这件外套是谁的啊？"我若无其事地问。

"呃……"

一听我这么问，她马上沉默了一下，才小声地道："是他的。"

"谁？"我装傻地说。

"就……他啊……"

"吼！拜托恩宁，你一直他啊他的我哪知道是谁啊，不会吧！你连住院都可以交到新男友啊！"

"不是新男友啦……是原本的男朋友的……"

我就知道！

恩宁非常不好意思地低下头，不敢看我。

我却也不知道该怎样责备她，毕竟，说到底那是他们之间的事情，跟我又有什么关系？我没有每分每秒跟着他们观察他们之间的相处，到底有什么资格说些什么呢？

"对不起……"

恩宁看我似乎迟迟都没有说话的样子，慢慢地道着歉。

我摇了摇头，说："干吗道歉？恩宁，不要为你自己所选择的爱情道歉，这真的……没有什么好道歉的。如果做这样的选择，会让你精神变好，笑容也有了，那么……”

不等我说完，恩宁一把拥住了我，用哽咽的声音说道：“小祈……谢谢你……也对不起……前两天的我，对你很坏对吧，谢谢你到最后都没有离开我。”

我也高兴地泛泪了，说：“笨恩宁！”

后来，恩宁开心地吃着我买来给她补身体的汤，叽里呱啦地开始说。

昨天我离开后没几个小时，他就跑回来找她了，虽然他什么话都没有说，不过却马上知道她当时的需要是什么，他把她最爱睡的枕头给带来了，然后还有她每天一定要用的化妆品等，虽然都是一些生活中再简单不过的一些习惯，可是却让她当下泪流不止。

而且他还默默地陪了她整晚，直到刚刚恩宁告诉他我应该快要来的时候，才放心地回家睡觉。

临走前，他还告诉她说：“家变回原状了，就只少了你。”

我听恩宁说着，也觉得有些感动，虽然不知道那家伙存的心是不是单纯的。

“那……工作呢？他工作的问题不解决，你一定又会忍不住跟他吵架吧？”

“他说他会去找……”

“好吧，你开心就好，记得，下次别再一个人闷着了，有什么委屈随时跟我说知道吗？你总是听我在说，这样真的很不公平。”

“哈！怎么觉得你突然变得像我老妈了！”

“哈哈哈！”

我们两个，一下子哭一下子笑，看起来真的很奇怪，不过，却真的很开心。

我是真的很开心，在我最失意的时候，还有恩宁在，所以在她最失意的时候，我希望也有我在。

我们就这样一起开心地吃过了午餐，还陪着她到医院旁边的草地散散步，医生也说她明天就可以出院了。

她也一直抱怨着，原来当病人住院竟然是这么闷的事情，我笑着回她，这样她以后就不敢再做傻事了。

“对了，小祈，那你不就跟着我一起请假了这么多天？不要紧吗？”

我一听，耸了耸肩，说：“大不了就被开除吧，反正我也做得够久了。”

“你在说什么啊？你怎么会被开除？还有我在啊！而且你……也离不开那里吧？”

“恩宁……我想我……已经有办法不再依赖那里了。”依赖那里给着我一个渺茫的希望，我好像渐渐地想通什么了。

“小祈……”

“你——知道他的墓吗？我想我该……去面对了。”说着，眼睛又泛红了，我以为我应该够勇敢地说出这句话，不过竟然还是这么想哭，仿佛那种痛又回来了一般，刺痛了我的双眼，刺痛了所有的感觉……

“你怎么这么突然？是不是发生什么事了？”

恩宁担心地问，看来她真的被我给吓到了，因为过去的我逃避逃成这样，的确，不像我了。

“没……没发生什么事，只是，快没有力气等下去了，我想要从某种束缚里解脱，不想再这样子了。”

恩宁用着那种突然不知道该怎么安慰我才好的眼神看着我。

我浅浅地一笑，说：“不要露出那个脸嘛……你应该要替我高兴才对呀！好了，那么你知道在哪吗？”

恩宁别过了脸，说道：“你忘啦？他的告别式我陪着你一起都没去啊，而且……他的朋友我也不认识，对不起，小祈。”

我摇了摇头，说：“没关系……”

后来，我送恩宁回病房之后，就先走了。

满满的忧郁，压在整个胸口上，有一种想发泄却怎样也发泄不掉的情绪。

才发现，这个城市，竟然已经被我漠视好久好久了。

我总是沉浸在那样的伤痛中，每天什么都不在乎地过着……如果，如果他还在的话，会希望我这样吗？

“对了，我连你的家人……都还没见过呢。”竟然到现在，我才发现这点，我不是已经很了解你了吗？

过去的我们交往，到底、到底都做了些什么？怎么我现在才发现，我们从没让对方更了解自己过？

那又为什么还能爱得这么深刻？

过去的我，总是特别过分依赖他——每天睡醒一定要看到他的脸，还没住在一起的时候，则是一睡醒一定要听到他的声音。

除了这些，还有没看见他回来，我就怎样也睡不着。我知道他总是体谅着我这种不安全感，却依然温柔，有的时候他必须要在外地过夜的时候，还会打电话来哄我直到我睡着为止……

我们，到底都做了什么？

除了一起生活一起为彼此的未来互相筑梦之外，为什么我们从没想去了解对方的过去？

每个星期天我们总是像小夫妻一样一起去卖场采购生活必需品，一起运动散步，一起……这样几乎黏在一起的我们，到底都做了什么？

头有点晕眩。才发现自己一个不小心竟然掉入了钻牛角尖的旋涡之中。

“我们到底都做了什么，为什么明明没什么，却感觉回忆的画面一张一张地挤满城市的每个角落呢？”

为什么明明想要接受你已经死了的事实，我却又开始歇斯底里了呢？什么时候……什么时候你才能……让我好好呼吸一下自由的空气呢？

“放过自己吧！”

忽然，一个声音从我身后传来，转过头，看见了一名大约三十多岁的男子，他边抽着烟边悠悠地说道。

我一愣，还反应不过来，不知道他是不是在对着我说话。

“你深爱的另一半不在了，对吧？”

“……”心一抽，我没有说话。

“看你那样子我就知道了，跟我五年前的时候一样。我老婆，五年前被车撞死了……跟着肚子里的小孩一起。”他说，表情却充满了释怀的感觉。

“我花了两年的时间才想开，花了两年的时间，不停地割腕自杀，不停地自残上瘾……几乎，快要跟社会脱节了。”

当他这么一说，我才注意到他那稍微露出袖口外的手腕，竟有无数道的伤痕，我愣着什么话也说不出来。

他一眼就知道我的事情，也让我有些吓到。

“后来我朋友硬是把我拖去精神科接受治疗之后，某一次，某个医生跟我说了这么一句话我才想通的，他问我……打算什么时候才要放过自己？”

放过……自己?

“你一直想要从过去解脱对吧?从那不断日日夜夜纠缠着你的哀伤中解脱……可是，能这么做到的人，真的只有你自己。你得……试着把你爱的那个人，把他看成一个过去，才能真的自由。”

他这么说着，而我不自觉地，竟然已经泪流满面了。

在一个陌生人面前，我哭得不能自已。

把他……看成一个过去?

后来，他一直站在我旁边，直到我哭到完全发泄了，才递给我几张面纸。

我用力擤了好几次之后，才突然觉得自己这样有点糗……

“不好意思……”

“这是我的名片，想找人聊的时候……我可以陪你。放心，我今天只是来探望朋友的，我的病已经痊愈了。”才发现，他的笑容，竟带着一股淡淡的哀伤。

我想我懂那是什么，第一次，我好像碰到了一个真的懂自己的人一般，真的是同类一般的人……莫名地，感动。

那天回去之后，我反复地看了他的名片好久，他是一个银行职员……想起了他之前的经历，我想这份工作是他好不容易不再对过去悲伤，重新站起来之后的一份工作吧。

洗完澡之后，忽然……我对自己此刻脑海竟然开始想着别人，而感到害怕。

在我想要下定决心，面对他的死，面对这一切之后，在这个时间点上出现的这个人，代表什么意思？

我不敢再去想其中的意义，我不想再让自己陷入那种，仿佛命中注定般戏剧化的情绪……

只是觉得太巧了，真的。

擦着头发，我又再度拿起那张名片……最后用力一捏，把它丢进了旁边的垃圾桶里。

“不要，不要……我不想要这样……”

这样感觉好像我就得真的……真的忘了你……

我更不想为了填补过分空虚的寂寞，而特意地去打电话，我相信，对方肯定也只是因为寂寞才会这么做的。

因为我能懂，他那份跟我一样的心情。

所以我不要，我不要自己谈一段为爱而爱的感情，我也……不知道自己还能不能，再谈感情。

“我不是……已经失去那个能力了吗？”

失去了，早在一年半前就失去了。

早就忘了，什么是甜蜜，什么是亲吻，什么是……温暖了。

只记得回忆，而当初的感觉却在我回神的时候，悄悄地从我的记忆中消失了。

“我何尝不想……放过自己呢？只是每当夜深了，一个人躺在床上，回忆又会开始折腾我了……”

一个人，瑟缩在床上，以为这样脚就不会再冰冷，我像在呢喃般的哼唱起——那首歌，那首最初的回忆之歌。

明知道自己不该再沉浸了，却还是想唱，因为好久没唱了……

《棋子》，王菲的《棋子》。

歌词，一句一句地唱，仿佛这样——自己就不会有冲动去捡起那张名片一样，我知道自己在挣扎什么，所以才刻意地想借着歌曲，再度来逃避什么。

不想忘记你，我真的不想要忘记你。

却不知道该如何控制自己不找人……替代你。

# Chapter 11

“阿奕，这次翻译的速度真快！”阿勋坐在我家的小桌子前，翻阅着我叫他来拿的翻译好的稿子。

他边喝着我帮他泡好的速溶咖啡，边一页接一页看着。

“这话还真讽刺啊，好像我每次都给你拖很久似的，我也是要上班的好吗？”我从厕所出来，白了他一眼。

“说真的，你什么时候才要来我们公司？”他点起一根烟，悠悠地说道。

我跟着坐了下来，搔了搔头，说：“我懒得跟你一再重复！真是，你都讲过几百遍了啊。”

阿勋忽然沉默了一下，然后紧紧盯着我的脸看。

我一愣地说："喂喂，拜托别用那种深情的眼神看我好吗？我可不要一大早起来就想吐！"

"阿奕，登报吧！你登报吧！"

"啥？"

"我知道，现在全世界认识你的人，都知道你没死，只有一个人不知道！这半年多来你怎么找都找不到的人对吧？登报吧！那不是最快吗？"

"……"我一听，什么话都没说，只是静静地沉默了，然后我也点起了一根烟。

该回他什么呢？这些相同的话，不只他一个人这么跟我说过，我当然也知道这么做的话……当然很快！说不定当天她就会不敢相信地出现在我面前了……只是……我到底，还在坚持些什么……

缘分吧……

她一直相信的那个缘分，让我无法这么做。也许这样真的很愚蠢，又不是在拍哪一出爱得死去活来的戏，何必搞得这么戏剧化……但，如果注定我们不会再见面了，注定她就是一直以为我死了，那么我何必还做那些无谓的挣扎呢？

何必呢？

"如果你一直不愿这么做——是不是也该承认，你跟她已经是一个过去式了？你的人生，应该不是为了爱而活的吧？拜托！以前那个对未来有多少憧憬的阿奕去哪了？拜托让我看看吧！”阿勋话越说越激动，我知道他是在关心我。

我知道这半年多来，很多人都试着想要关心我，想要我想开，想要我……别再对什么缘分执迷不悟，用最实际的方法，就可以把这些无谓的烦恼给解开了……

“我的未来……阿勋，你知道吗？被困在国外那将近一年的时间，我真的……真的忘了我的梦、我的未来、我的一切是什么了，我只记得，我还爱着一个人，这样而已。”

“那就照我说的做啊！去登在报纸上！大声告诉她你爱她，别等到最后真的来不及了……你一定会后悔这半年来自己在原地停留所浪费的时间！”

“阿勋……别说我了，你呢？听说你不是要跟你女朋友结婚了？就别管我了吧！”

忽然，在我这么一说之后，阿勋顿了一下，然后低头吸着烟，突然不知道要说什么了。

“没……没有要结了，分了。”他过了一会儿，才慢慢地说。

“阿勋……”

难怪，我就觉得今天的他怪怪的，很多话都是他平常不会这样对我说的。原来……

听说阿勋半年多前认识了一个女孩，那女孩虽然也才二十多岁，不过很多想法都很成熟，是一个十足的现代事业型女孩。

会跟阿勋认识是因为业务上的交流。阿勋说，一开始他也没想过会跟那女孩发生什么，可是很多感觉就这样自然而然地产生了。他们在约会数次之后便决定正式在一起，稳定了几个月之后，听说他们即将要步入婚姻殿堂。

“很丢脸吧，阿奕，你一定觉得我糗爆了，居然被女人甩。”阿勋一脸泄气地说。

虽然他讲着这种话，可是他的表情却不是这样的，他明明就还喜欢着那个女孩。

“怎么会突然变成这样呢？”

“因为她要升官了，他们公司要她下个月去美国分公司那边担任营销总监，说不准要几年才会回来，但不是短期就是了。

“那个时候的她啊，几乎满嘴都是开心地说着。她努力了好久，终于可以出头了，要是去了美国再回来的话，怎么样怎么样……总之她在那一行的专业度笃定是更受大家的肯定了……

“我没有打断她。看她啪啦啪啦兴奋地说着即将要调职去美国的样子，真的是好开心，我敢说，从我们交往到现在，我从没见过她那么开心的表情，所以我没有打断她，没有问那么我呢？我们呢？我们的婚期呢？

"一直到这几天，她开始认真地在打包所有行李时，我才问起，你是不是忘了我了？她才愣住，不发一语。

"完完全全地不发一语，只是低着头的她，真的让我不知道该再说些什么才好，因为答案已经很明显了不是吗？

"才发现，那一次的求婚，那求婚之后的幸福，原来都只有我一个人觉得幸福，觉得期待，觉得快乐而已。"

阿勋落寞地说着，他的表情此时像极了被主人狠心遗弃的小狗，突然迷茫了，突然他不知道自己该何去何从了。

"那天，我们沉默了一整个下午，最后她才去泡了两杯咖啡放在桌上，淡淡地说——对不起。并把我那天求婚戴在她手上的戒指，轻轻地摘下放在桌子上……就走了。

"咖啡，她忘了喝，明明她泡了一杯是要给自己的，但她却连一口都没喝，就好像是那味道已经不值得她再品尝一样。跟我一样。"

阿勋瞥了我一眼，看我一直默默不语的样子说："你想笑，就笑吧！都是老同学认识到现在了，我不怪你的。"

"说真的，我真的想笑。"我说，然后嘴角泛起了轻轻的笑意。

阿勋一听，有点生气道："你还真的给我笑！你真是损友啊！这个时候你应该要安慰我才对吧！"

"还安慰啊，少恶心了。"我揉揉鼻子说，看着阿勋慢慢地从刚刚的情绪中抽离，我又笑了。

“所以啦！你别身在福中不知福！赶快去把你家的女朋友给接回来！别再搞什么一定要自然重逢这种洒狗血了！你的处境比我好多了，我哭着去求人家，人家搞不好还不屑咧！”

“哎哟，你挺有自知之明的嘛，算算你这是第几次失恋呀？不，是第几次求婚被拒绝的呢？”我故意酸他说。

“真是欠揍啊！”

“彼此彼此。”

之后，我们又互相调侃了几句，心情果然都舒畅多了，然后很顺利地聊开了，聊到我们大学时，过往的许许多多的恋情，互相讨论然后又嘲笑着。

好不容易，阿勋最后说他饿了，才甘愿从我这滚回家，临走前还说，过几天还会再拿新的书给我翻译。

我说再考虑看看，然后又被他用脏话问候了一下。

只是，我当然还是看见，阿勋在离开我家大门之后，那孤单的背影……好寂寞。

我真的不太会安慰别人，因为，我懂那些人为什么难过、为什么寂寞、为什么执着……我都懂，就因为懂，所以更不知道该怎么做。

“阿勋！”

在他准备下楼梯之前，我突然叫住他，他愣了愣，回头不解地看着我。

“她还没出发对吧？追回来吧！你都可以拼命叫我去登报了，那么我想只要你想，一定也可以把她追回来的。”

“……”他一听，淡淡地笑了，“阿奕，你知道的，我不留她，并不是真的因为她要跟我分手，我拉不下脸这样而已。”

我一听，顿了一下，才明白他想要说的，然后回应了同样的微笑，我挥了挥手关上门。

“原来，他只是不想，去阻碍她那份追求梦想的心情。”

呵呵！刚刚还废话一堆地说我太洒狗血，他那种成全别人苦了自己的，我看才像阿信！

“傻啊，傻。”

人啊，如果有一天不小心真的对爱情付出了真心，有时傻得……让人觉得很寂寞呢。

只是，阿勋今天对我说的那些话，有一点刺痛到我了。

曾经的梦……

是啊，大学跟我念同一专业的他，当然很了解那时我总是挂在嘴边的梦，还有对未来好多好多的幻想。

那些想要在毕业之后，奋力一冲地为事业与工作的冲劲，我好像都忘记了。

好像不知道什么时候，被人偷偷地夺走了。

点上一根烟，我靠在窗边一口一口地抽着。我想起以前，每次我拖着一身疲惫回到家时，她总是用着特别炙热的眼神看着我。

老是说我最有男人味的一刻，就是这一瞬间……

拿起手机，我看着通讯录里一个又一个的电话，那些大多是之前同事的电话，还有以前同学的，只是这些人里面知道我电话号码的，却不超过五个。

我在一个名字上反复犹豫着要不要拨出号码——那是以前跟我同一组的女同事，安琪，我想以她的能力，现在若还在那间公司的话，肯定已经爬到很高的位子上了。

我们曾经要好过一段时间，但仅止于朋友。

跟小祈在一起之后，我学会了跟女性保持距离，也收敛了那以前总是对女孩子放电的笑容，我认为，那样的表情那样的温柔，应该只属于她一个人才对。

为什么我现在会有了想要打给安琪的冲动？我相信有一大半是受到阿勋的话的影响……这半年多来，有好几次照着镜子，都觉得自己的模样很狼狈，甚至眼神都快要没有灵魂似的……

我想，这样的我，有一天就算在街上跟她擦肩而过了，她……也不会认出我吧。

那个以前总是被她说很有男人味的自己，好像……从飞机失事的那一瞬间，也跟着失事了。

“嘀。”

迷茫的瞬间，我的大拇指已经不小心地按下了拨出键……我慌了一下，可是对方已经接起了。

“您好，请问哪位？”安琪还是一样地有礼貌，她总说这是她以前做业务时留下来的习惯。

“呃……安琪？”

“您是……”

“我……我是阿奕，你还记得吗？”

“啊！阿奕……不会吧……”

“我……”

“我知道，前阵子听说，你的死是个误会，没想到……呵呵……都不知道该说什么才好了。”她有些不知所措，我知道她吓了一跳。

“还好吗？最近。”

“嗯，很好。对了，现在有空吗？出来吃个饭吧？”安琪刻意地恢复了镇静，我知道她是想说虽有耳闻我没死，可是突然接到电话，还是不免一个小惊吓。

我跟安琪约在她公司附近一间餐厅见面，她看见我的时候，还是掩不住那份讶异。

“真是……好久不见了……发生了这么多事。”她一坐下，便缓缓地说着。

“是啊。不过，应该没打扰到你吧，毕竟现在是上班时间……”我边说，边向服务生点了一份简单的意大利面。

“没关系，反正早上刚开完会，暂时没我的事了。”

“你不会已经升官了吧？”我开玩笑地问。

“嗯，才刚升副经理没几个月……你呢？现在在做什么？”

“只是个小小加油工。”我耸耸肩说。

“阿奕……你怎么现在才联络我呢？你要回来上班是随时都可以的事啊！我相信经理看见你一定也很高兴，当初……要是没发生事情的话，今天这个位子也不可能是我的，会是你的……”感觉，她的表情充满了愧疚。

“好了，安琪，别说了。”

“你女朋友呢？她怎么没有劝劝你？你整个人好像都变了似的。”

“她……她还不知道我没有死。”

“……”安琪眼睛瞪大了一下，原本想要再说什么的唇稍微蠕动了一下，却又没有说出任何的话语。

我知道，她不是那种会过问人家私事太多的人，所以她选择沉默。

“聊点开心的吧！我跟你联络可不是为了要把气氛弄成这样的。”

“不然呢？阿奕，连你女朋友都不知道你活着，你这样突然跟我联络，是什么……意思呢？”

忽然间，我感觉到了，气氛正诡异地转变着，以一种我来不及察觉的姿态。

“我……没什么意思，只是突然……不想要再这样浑浑噩噩地过日子了。”

安琪的表情在我一说完又恢复了正常，微微一笑说：“所以，你是想回来公司？”

“可以……这么说吧。”

“真是的，早说嘛，这点小事你在电话里跟我讲，其实就可以了。”

安琪不自然地说着，好像她已经忘了约我出来的人是她才对。

“对了，那你怎么不快点去找你女朋友呢？你们——不是原本要结婚了吗？”她拿起饮料，不经意地又回到那个问题。

“别谈这个，好吗？”我笑笑说，但那一瞬间，我已经不自觉地筑起了一道墙，拒绝别人一再地探问。

好奇怪，是不是人与人之间一旦长时间没相处，那人就会变得跟记忆中不一样了呢？安琪以前真的不会这样刻意问我的私事。

“阿奕，你晚上有空吗？”

“啊？”

“我……最近其实跟我男朋友分手了……心情一直很闷，晚上，你能陪我去喝酒聊聊天吗？”

我沉默着，看着安琪的眼神，我忽然知道了她想要的东西是什么，忽然发现过去对她的印象跟现在不一样是为什么。

“抱歉，这样太突然了对吧？当我没说。”看我不发一语的样子，她连忙干笑着带过。

“好啊。”然后，我听见自己这么说，不敢相信地。

“真的？那好，晚上我开车去载你。”说着，她拿起了账单起身，“回公司我就会向经理报告，你明天就回来吧！”

“哦。”

“我得先回公司了。”

“嗯。”

我继续坐在位子上，目送着安琪的离去，有一种很复杂的感觉。

就像这盘冷掉的意大利面般，我跟小祈的感情，不知不觉地，随着时间的冲刷，好像也冷掉了。

从我答应了安琪的瞬间，我被自己的反应吓到了，因为那是过去还没遇见小祈时的我会有的反应。

我知道安琪的目的，明知道却还答应。

抓了把头发，我感觉头烦闷到发痛，痛得都快要裂开了一样。

自己在想什么，已经快要控制不住了。

就像这次的冬天一样，越来越冷，冷到无法控制的地步……

这样的我，真的还有资格吗？还有资格去爱你吗？

晚上我一旦去赴了约，就会失去那个资格吧——也许，从我们被分开的那一瞬间，我就已经失去了。

只是我一直不愿意承认，一直不愿意……面对我再也不会遇见你的残酷。

以及，面对不敢去找你的原因。

我只是害怕，害怕过了这么久的时间，牵着你的手的人，还可不可以是我，还是……已经是别人了？

我不敢保证自己在你心中的存在感这么深，深到你以为我死了，却还会痴痴地等着我。

这么长的时间……我真的害怕见到你之后，你的表情没有思念，只有为难。

不想要看到——所以我才懦弱地一直浑浑噩噩，自以为命运会再度将我们相连。

滴答。

回过神，我才发现我竟然在公共场合里，不自觉地流下了两滴眼泪。

“找到……答案了。”

内心，终于找到了一直不敢亲自去找她的原因。

而我却哭了出来。

这样的我，真的一点男人味都没有。

拿起叉子，我几乎感觉不到味道，一口一口地把剩下的意大利面塞进嘴里，一口一口地，以为这样就可以把那懦弱，那好多好多的负面情绪也一并吃进肚子一样。

无谓。

半年多来，我总是在做无谓的事，不停地逃避，不停地自以为是，不停地……思念。

**还是好想你，却没有那个自信，你同样也想着我。**

# Chapter 12

一切就好像什么都没发生过一样。

我跟恩宁恢复了正常的上班，店里的同事虽然也会七嘴八舌地猜测着恩宁到底发生了什么事，但恩宁总是很自然地说，因为小车祸的关系，所以住了几天的院，而我则是基于好朋友的立场，也跟着请假帮忙照顾她几天。

恩宁的笑容恢复了正常，虽然我没再过问她跟她男朋友之间的事，但我跟她说了，如果她有什么不开心的，别再默默一个人承受，我希望我能成为那种跟她一起快乐伤心的好朋友。

还有，还好现在是冬天，她手腕的伤口多少也能用长袖衣物遮掩一下。

即便我仍然不懂，存在于他们之间的到底是不是爱。

但对恩宁来说，那好像已经不重要了，不寂寞就好了。

我想她是这么想的。

“小祈，今天下班之后要不要一起去吃饭？”快到了下班时间，恩宁靠到我旁边来小声地问道。

“呃，你不用跟你男朋友一起吗？”

“什么嘛，我看起来像是那种只顾男朋友，却不理好友的人吗？”

“噗，真是的，你干吗这么刻意？不用啦！而且我今天刚好也跟人有约了。”我说。

“跟人有约？我没听错吧，小祈？你没必要为了拒绝我而编这么扯的理由吧！我好伤心的。”恩宁故意用着夸张的表情说着，把我又逗得笑了。

“我看起来像是会说谎的人吗？”我没好气地说，然后转身进入厨房。

恩宁继续跟在我的屁股后头，像极了小时候吵着跟妈妈要糖的小孩。

“欸，是男的吗？男的吧！不会吧……我这是在做梦吧！小祈？”

“……对，是男的。可是不是你想的那样。”

真的不是你想的那样。

那天晚上，我犹豫要不要拿起那张名片打电话给对方，我试图用唱歌阻止自己的一时冲动，可是最后我还是打了。

一开始接通的时候，我竟然连一声“喂”都发不出来，可他却一猜就中地知道是我。

那是第一次，我对着一个只有过一面之缘的人，把我跟阿奕之间的事情从头到尾地说了一遍。

花了我好久的时间，两三个小时有吧，中间还有说不下去的沉默，可他却只是安安静静地听我说，并适时地跟着我一起笑、一起附和，只是这样而已，我却觉得好像解脱了什么般，很舒畅。

好像过去累积了很久的伤心，奇迹地在一个晚上，就得到了救赎一般。

明明我也总是告诉恩宁那些情绪的，而恩宁也像他那样静静地听我说的……为什么？

总之，在那个讲到快要天亮的电话要结束之前，他问我过两天要不要跟他出去吃顿饭，我没有理由拒绝，答应了。

也不好意思拒绝吧，人家都牺牲了睡眠陪我讲这么久——我一直是这样说服自己的。

对，只是这样。

“不是我想的那样，那是怎样？”

恩宁不死心地继续追问，只是她的语气也越来越暧昧，让我有一点不知道该怎么办才好，好像我越是解释，越是可疑一样。

“我……再找时间跟你好好解释好吗？”

恩宁看着我懊恼的脸，似乎也知道不该再追问下去了，耸耸肩笑道：“好吧！但一定要跟我讲啊！不然就不是朋友！”

“好啦，我知道。”

深深地松了口气，被恩宁刚刚越问越紧张的情绪慢慢缓和下来。

因为，我也还不知道，该用什么态度去面对，这个突然闯进我生活的人。

直觉告诉我，他的动机已经很明显了，可是我却还打了电话，甚至答应了一场饭局，我的动机连自己也不明了。

“就……这样吧。”

或许，不要想太多对我来说才是最好的。

晚上六点，今天我没有加班，准时下班，骑着车一路骑到了一个购物广场，他跟我约的地方，就是这里六楼的一间日式餐厅。

一开始他知道我在哪儿工作，还一直说要来接我下班的，不过我坚持拒绝，虽然他听起来有点失望。

在地下停车场停好了车，就直接往餐厅的楼层上去。

百货公司，真是一个让我陌生的地方，从小到大我来百货公司的次数，几乎两只手可以数得完，不过其中有三次，都是阿奕带着我来的。

这个购物广场我也跟他来过一次，我们几乎都不买东西，手牵手东看西看，就觉得很开心，他总说女生偶尔也得来一下这种地方，不然就不叫女生了。

“如果我不是女生，那你还跟我在一起？”

“没办法，因为是你，所以我只好委屈了！”

当时的一些对话，硬是闯进我的耳朵里，真实得让我忍不住迷茫了一下。

来到他说的那间餐厅，领位员询问了我的名字之后，就说已经有一位先生在等我了，就带着我往里面走进去。

老实说真的不太习惯这样的待遇，虽然这是从来没有过的，可是我就是开心不起来。要是阿奕，他一定会懂我，喜欢平平凡凡的感觉就好。

他一见我走近，便绅士地起身为我拉椅子，不适应地，我用尴尬的笑容回应。

“这家的生鱼片盖饭很好吃，还有这个也不错，你不要客气，今天我请客！”一坐下，他便拿着菜单向我推荐哪个比较好吃，我从旁看着他，心中一个问号也越来越大。

——不像，真的不像，他是跟我同病相怜的人，怎么看都不像。

“嗯，那就盖饭就好了。”

“你都吃这么少？难怪这么瘦。”

又是尴尬，对于他的刻意赞美什么的，我发现我竟然很排斥。

阿奕的话肯定不会这么说，他会说："吃这么少？先说好，半夜肚子饿别叫我陪你去买泡面！"

虽然幼稚，但我当下听了，就是会不自觉地想要笑，然后勉强说，那我再多点一些好了。

"怎么了？"似乎发现我的迷茫，他问。

"没……"

"那就好，我也只是希望你开心一点，才想说带你来吃点好吃的。你知道吃东西心情会变好的。"

"嗯。"

我不应该这样的，答应了人家，出来却总是冷漠的态度，好像是人家强迫我似的，可我就是……笑不出来。

忽然，他叹了口气说："我知道，你现在肯定会不习惯，不习惯跟别的异性出来，我懂的，我之前也是。"

"不……我没有。"

"可是，你要清楚，你不可能一辈子都待在回忆里，总有一天要出来的，不是吗？"

"陈先生。"

第一次，我对他有了一个称呼，或许是因为他那一句话的关系，我抬起头看了他一眼，说："对不起，也许我真的会一辈子都待在回忆里，但那不关你的事。每个人都有选择自己人生该怎么过的权利，且每个人不一定都像你一样有那么好的复原力！”

“你也许可以忘记你的她，可是对不起，我想我还是做不到，抱歉。”说完，我起身离开。不在意我说完这句话时，他的脸有多苍白，不在意这是自己第一次对人这么坏……

我跑离了那里，坐着电梯到了停车场，像是后头有什么东西正在追着我一样，我快速地骑着摩托车逃走。

“还是……没有办法。”边骑着车，我边小声说。

没有办法去接受另一人，甚至没有办法想象，未来牵我手的人、吻我的人，不是阿奕。

不管陈先生说什么做什么，我都会在心底一再反驳，如果是阿奕的话怎样怎样……这样的我，也许真的生病了。

突然间，我想起了那天在咖啡厅里遇到的那个老伯，他说那个公园有一个专门听人说烦恼的人……

“那个公园，还真是什么事都有可能发生呢。”我有点苦笑地说，然后改变了摩托车的方向，往那个公园去。

那是我跟阿奕第一次相遇的公园，然后现在那里也出现了一个奇怪的人……忽然好想见见那个人，也许他才知道现在的我该怎么办吧？该接受未来，还是停留在过去？

这个答案，我自己是找不到的。

天气很冷，冷得仿佛就像那一天一样，回想起那一次我跟阿奕的第一句对话，才发觉原来我已经变了这么多……

“谁说不能一辈子呢？那个老伯……还不是守了快一辈子……只是很寂寞而已啊。可是，如果是你的话，肯定不希望我这样对不对？你会心疼我的对不对？”边骑车，我一边自言自语着，一点都不在意骑过我旁边的人对我投以异样的眼光。

终于，骑到了那个公园，时间也已经是夜里七点多了，有点忘记老伯说那个人什么时候才会出现了。

只是当我停好车的时候，当我重新认真地看着这个公园的时候，我几乎快要被回忆给淹没了。

太多，太多了。

呆呆地站在原地好几分钟，我才慢慢回神。

我看见有一个气息跟我很像的女孩，自己一个人孤伶伶地坐在一盏路灯下的长椅上，我慢慢地靠近她。

“不好意思。”

不经大脑地，我一走过去就开了口。

那女孩缓缓地抬起头，看着我。

“请问你在这里有遇过一个……呃……嗯……会听你讲烦恼的人吗？”我想我的这个问法真的很怪异，不过话已经说出口，就硬着头皮吧。

“你难道也是要来答谢他的？”女孩忽然微微一笑说。

“咦？”

“虽然那个人当初一句话也没跟我说，不过也因为那个人安安静静装作不在意地听着我说，才让我当初没有再继续深陷在一个死胡同里，今天我在这里等一整天了，就是想要当面好好谢谢他的……”

“为什么？”我没头没脑地问，然后在她旁边坐了下来。

“什么为什么？”

“那个人真的有这么神奇？我是听人家说的，才想说今天来找那个人看看……只是我有点好奇，真的这么神奇？”

那女孩一听，浅浅地笑了，说：“也不是神奇，只是啊，那一瞬间，他给人一种感觉，会让人觉得自己不是一个人，即便他什么都没说，不过好像有些事情，真的不需要言语就能感觉到一样。

“这么讲好像也很怪，又不是没有好姐妹、好朋友，怎么会有这种感觉……只是啊，女生，真的很容易为了一段感情烦恼，当身边的人总是听我在讲他、总是听我在抱怨，或是难过等等的，真的会厌烦的。

“久了，你就会觉得，朋友们不是不关心自己，只是已经重复听到不知道该怎么帮我才好了。”

对……我想这就是为什么那天晚上，我会觉得跟陈先生说，比跟恩宁说更有被人家倾听的感觉了……虽然陈先生给我的感觉，还没这女孩说的那个人强烈。

但……好像就是这样。

“看你的脸，一副我说得很准的样子，呵呵，每个女生几乎都是这样的，所以久了，那份因为过于压抑的情绪，会变得越来越不知道怎么收拾……又不想再让身旁的人担心、不知所措，所以……”

“我懂得，搞得好像自己生病了一样。”我说。

“而且……很奇怪呢。那个时候，我原本也只是想一个人来公园散散心，然后情绪越来越不好，越来越想哭……在看到了那个人之后，就莫名其妙地，想在他旁边自言自语……真的很神奇吧？”

“而且，我问过这附近的老爷爷老奶奶们，他们都说，那个人每次都会带着一本书坐在这里，有的时候会写写东西，有的时候则是一直在发呆。我想，他肯定也是背负着什么悲伤的人吧。”

我听女孩说着，脑海里开始想象并描绘着那个人的模样，真是……听得我越来越想见见那个人了。

“说起来你们也挺像的，话都不怎么多，呵呵。”

“我……我没那种……奇妙的天分啦。”

“呵呵，不过如果你今天想见那个人的话，可能见不到了，我刚刚正好也打算要走了。”

“咦？”

“因为那天我遇到他的时候，是差不多四五点的时候，他好像很少会在晚上出现，毕竟没有太阳可以看书了嘛。”

才发现，那女孩很开朗，带着一种很像以前的我的感觉，那种，不会再出现在我身上的感觉。

"这样啊，那可能代表没缘分吧，呵呵！"我起身，笑了笑。

跟那女孩道别之后，我们从刚刚交错的几分钟，像是又回到了各自的人生轨道般，互不相干地好像从来没相遇过。

手机，在我快要陷入惆怅时响起，一看，是陈先生……

我就这样，茫然地望着那组电话号码，却迟迟没有按下通话键。

"可以……别再来打扰我了吗？可以……让我一个人吗？"无力地，我对着不断响着的手机说话，直到它停止，我才骑上摩托车离去。

**今天，突然想起了一件事，你曾经说过，我这么喜欢冬天，以后要带我去看雪的，记不记得？**

"哇！这也太冷了吧！"

刚打了卡下班，由于明天油价又要调涨的关系，今天加班到快七点才能离开。进了办公室，就听见同事在那里哀号着，说这一波又接着一波的寒流，实在快要让他们吃不消了，尤其加油站的工作根本是在寒风中度过，几乎全公司的员工都感冒了。

当然也包括我。

收拾着东西，我看着也准备要下班的小组长，有一些话还是开不了口。

深深吸了一大口气，我才走到他面前。“那个，组长……”

“哦，阿奕，怎么了？快回家啦！这么冷。”

“不是……我……我因为有些事情，只能做到今天了，我知道这样很突然……对不起，您就照公司规定，把该扣的都扣一扣吧……真的非常对不起！”

我尽量让自己的语气显得够诚恳，毕竟这样临时辞职，任谁都会觉得困扰且不负责任的。

“我知道了。”组长一听，拍了拍我的肩膀说道，“你今天一整天心不在焉就是在想这个吧？没关系，我来处理吧！以你对工作的认真，我相信是有不得已的苦衷。”说着，组长又转身整理着一些东西。

“组长……真的很对不起！”说完，我便把公司的制服全都给好好地放在桌子上，离去……

我骑上了摩托车，心情却越来越沉重。

原本安琪约我昨天晚上出去，后来她说临时要加班，所以就改了今天。

莫名地，我一想到晚一点要陪她去喝酒，那情绪就复杂了起来。

回去的路上，本来想绕过去公园走走的，不过真的太冷了，于是又作罢。

今年的冬天真的冷得很不像话，连合欢山都有四十厘米的积雪了……想到雪，就想起之前，曾经答应过她，要带她去看雪的。

“看来，我真的答应过你好多事情，都没有做到呢……”这样的我，也难怪会一直认为自己没资格去找你了。

**过去的约定早已过了时间，我才想到，缘分是否也有时间的限制？**

# Chapter 13

失眠。

记得以前还没遇见阿奕时，我是从来不失眠的，当然跟他在一起之后也没有。是从他走了之后开始的。

记得一年多前，那一阵子我失眠的情况甚至已经严重到恩宁恨不得直接把我拖到心理医生面前的地步。

当然我还是没有去，我没有告诉恩宁原因，是因为我不想让人知道。不管多亲近的人，我都不愿意让他们知道，我有多害怕被人当成神经病。

或许这就是跟阿奕在一起那么久以来，我从没主动跟他分享过关于自己家人的事的关系。

我跟姐姐从小就是单亲，跟着妈妈长大，直到我十岁，姐姐二十岁那年，我们的妈妈……崩溃了。

年纪还很小的我，根本不知道崩溃是什么，只知道妈妈变得疯狂之前，就常常莫名其妙哭起来，吃饭吃到一半时哭，晒衣服晒到一半也哭。每次姐姐总是跟我说那是大人的一种发泄情绪的举动，叫我在妈妈哭的时候，千万不要跟她说话，那会打扰她的。

后来，等我年纪越来越大，偶尔才会听姐姐说，原来我们的妈妈以前的工作是卖淫的，而我跟姐姐也不是同一个父亲，甚至连妈妈也记不清楚是谁的。

妈妈是在生了我之后，才开始去做一些打工性质的工作，只是，连姐姐也不清楚，妈妈到底是承受了哪些痛苦才会把她逼成那样的。

直到现在，妈妈还是住在精神疗养院里。她不认得任何人，每次我跟姐姐去看她，感觉她好像都活在一个只有自己一个人的孤单世界里一样，每次总是露出那种很寂寞的表情，却从来不跟任何人交谈。

医生说，妈妈精神上受到了极大的创伤，那些创伤导致她从一开始不想说话，变成了现在失去说话的能力。

很悲哀吧。

我并没有觉得妈妈变成这样很丢脸，只是……会自卑吧，也许就是自卑的心态在作祟，所以我并不愿意主动跟人分享自己亲人的事情。

当然姐姐的事情也很少说。

自从姐姐结了婚，在前两年生了小孩之后，变得跟我也疏离了起来，也几乎不再主动约我一起去看妈妈了。我了解姐姐的心情，我也知道她只跟婆家的人说，我们的父母都死了，只是剩下我这个妹妹一个亲人而已。

我并不会怪姐姐说了那样的谎，是我，也说不出口吧。

所以，那时恩宁看我几乎失眠了好几天，整个人憔悴得不像话时，是真的想带我去精神科开一些安眠药的。

我拒绝了，而且是强烈地拒绝。

而我也是从那个时候开始学会，就算失眠了，也要在床上闭着眼睛躺着一整夜，这样至少不会让黑眼圈太过夸张。

今天，从公园回到家之后，我的情绪就很不稳定，然后到现在凌晨快五点了，我仍在失眠中。

真的，很讨厌这种失眠的感觉。

太过安静的夜，总是会突显出，偶尔，路过的一些路人的说话声，那对我来说莫名的刺耳。

“为什么？为什么……总是我，一个人被丢下？”仍旧闭着眼睛的我，喃喃自语。

小时候，妈妈总是只带姐姐出门，说我年纪太小，不适合坐摩托车。长大一点了，妈妈疯了，由姐姐一个人辛苦抚养我，可是那个时候每天放学回家，也还是一个人，我知道姐姐对我已经很好了，所以好不容易有放假的时间，当然有资格跟朋友出去玩……

但是……但是，我从没让姐姐知道，我有多害怕一个人的感觉。

那种累积好久好久的空虚感，那种总是一个人看电视、一个人听音乐，没有人分享的感觉……我一直以为我会这样一辈子，却在遇到阿奕之后，被满满地填补了起来，填得好满好满。

不能说恩宁不能填补我的孤独，只是，却老是觉得少了点什么，遇到阿奕之后，我才明白那中间少了的是什么。

“可是，还不是都恢复了原状？”

到了最后，好像什么都没改变一样。

至于那个陈先生，他打了几次之后，就没再打了，又发了短信，不过我始终没有打开来看。

失眠。

我稍微睁开了一点眼睛，却发现眼皮很沉重，也感觉到自己真的相当疲惫了，却仍然无法入睡。

很痛苦。

记得以前，好几次孤单寂寞到受不了的我，都有冲动，要随便接受一个正在追求我的人——就像那天打电话给陈先生一样，以为这样自己就会不寂寞了，可是我发现，每当我这么做，我反而更不开心了。

甚至，觉得自己更悲哀。

或许就是因为这样，我才更想珍惜让我真正认真看待感情的阿奕吧。我真的以为，我们会幸福的。

曾经，我都这样以为的。

“是不是，我的人生并不会有幸福？”

所以死神才无情地夺走了你？

“真的……好想好想……回到过去……”因为天冷而沙哑的声音，连我自己听起来，都快不像自己了。

早上十点，我迈着疲惫的步伐到店里报到，连着好几天都睡不好，昨晚更是一整夜失眠，我感觉自己的灵魂好像快要脱离身体一样。

没想到才把车子在员工停车场停好，一个让我吓一跳的声音从我背后传来。

“早。昨天……你还好吗？我一直联络不到你，所以……”

一转头，我看见陈先生西装笔挺地站在我面前，带着轻轻的微笑，仿佛不怪我昨天那样中途跑掉以及故意不接电话也没回短信似的。

“呃……”

“我知道我昨天说了一些让你不高兴的话，我道歉。可以原谅我吗？”

忽然，看着这样的他，我有一种很无力的感觉，不自觉地我脱口而出：“为什么？”

“啊？什么为什么？”他一听愣了愣。

“为什么连你也不放过我？”

他看着我的脸，沉默了好一会儿才慢慢地说：“因为我知道活在过去的痛苦。”

瞬间，因为这短短的一句话，我竟然又哭了。

“那天，在医院看到你的时候我就说了，你跟我很像，只是……这样下去，你会失去自己的。”

“我……早就失去了，很早很早就……连自己也失去了。”我边哭，边语无伦次地说着。

好奇怪，这已经是第几次了？在这个人的面前，因为一句话就大哭了起来。

他缓缓地走近我，给了我一个很久都没有体会过的温暖的拥抱。

真的……不想再多想什么了，就这样吧。

可以吧？我可以借一下他的拥抱吧？

一下就好……因为我真的不想要再一个人了……

**如果问我最想忘记什么，我最想忘记的，是你已经不再与我生活在同一个世界这件事。**

有点出乎我的意料。

跟安琪相约在一间酒吧见了面，她穿得很普通，态度也跟昨天约我的时候，散发出来的感觉不一样。

或许是我多想了，我一直以为她约我的目的不单纯，好吧，我知道这样想很下流。

我们开始天南地北地聊，聊了很多。

“其实，我之前喜欢过你。”在喝得差不多微醺的时候，她突然懒懒地说道。

“啊？”

“别露出那种表情，我说的是之前，曾经。”

“哦”

“我想我喜欢上的，是那个总是用尽了全力，爱着你女朋友的那个你吧。”

“听你的说法好像我已经不爱她一样。”

“难道不是吗？”

“我对她的爱从来就没有停过啊。”我喝了口酒说。有一点不高兴这样被人否定了我对另一个人的付出。

“那么，你，现在为什么会在这里？”安琪笑了笑，然后像是不经意地说道。

却在瞬间，让我哑口无言。

“昨天我约你的时候，你八成会以为我对你有意思吧？”

“……”

“当然我没有测试你啦，我是真的想约你喝喝酒、叙叙旧的，只不过有点刻意把态度弄得过于暧昧了一点。”

“你……”这安琪，这么久没见，我真的有点搞不懂她了。她没事这样测试我是什么意思？

“只是，阿奕，难道你的灵魂也跟着那班飞机一起不见了吗？”

她的话，竟然让我哑口无言。

“你说你在回来的时候，就开始试着找她，找到现在。真不可思议，现在是什么社会了？连要找国外的人都能找到了，怎么你找来找去，却好像一直停在原地？阿奕，你怎么了？”

我怎么了？我只是……我只是……对，我除了没自信去找她，更不知道该怎么重新找回这一段感情……一段莫名其妙被拆散的感情，我真的……

“你到底是还爱着她，还是只是自以为是地沉浸在你回忆里的爱？真正的爱，不会像你这样的，我若是你，把整个世界翻遍了也会把她找出来，或者用尽全力让她知道，我，还活着。”

安琪语气说得很轻，就好像我们还在聊天一样。

这两天到底是怎样？接二连三地，都有人跑来这样骂我，跑来打乱我所有的步伐。

“别再说了。”

像是用尽了所有的力气，我勉强挤出这几个字。

后来，安琪只说了叫我星期一去报到之后，就走了。

我看见，她离开时，眼里看着我的失望。

好无力。

她说的那些，用力地扯开了我自以为是的哀伤，这半年多来，我浑浑噩噩的日子，仿佛也瞬间跟着崩裂了。

突然失去了某一种方向。

突然连我自己都质疑，我到底还爱着小祈吗？

还爱吗？

如果不爱了，为什么我还每天每天地在想她，如果不爱了，如果不爱了，那么我……到底都在干什么呢？

我又叫了一扎啤酒，一杯接一杯地，没有停止地喝着。

酒精使我的头脑开始越来越晕眩，过去我一直紧抓的回忆也跟着晕眩。

不知道了。什么都不知道了。

丁零零——

陌生的铃声把我吵醒，睁开眼，我发现我的大脑有点来不及反应，眼前这陌生的房间……

“喂？主任，没有啦，我今天有点不舒服，嗯，我要请假……”一个陌生的女声从我旁边传来，她讲完电话之后，看了我一眼，然后笑了笑。

“你醒了？还好吧？”

我愣愣地点了点头，然后我的大脑算是开机完成，我想起来了……昨天我整个人喝得非常醉，然后遇到了这个女生，莫名其妙地，我们就一起进了这间旅馆……

“看你的脸好像是第一次跟人家这样一样，不用想太多啦！大家各取所需，我先走了！”那女孩边说边穿着衣服，然后就潇洒地走了。

而我错愕地呆坐在床上。不敢相信自己竟然做了这种事。

抹了把脸，我点了根烟，用力地吸了一口。

才缓缓地想起昨天晚上的所有感觉。我好像把那个女孩当成小祈了……虽然很对不起那个女生，不过还好她似乎也不是那么在意。

“我到底在干什么啊？”

这样的我到底在干吗啊？

拿起手机，我打电话给阿哲。“阿哲，帮我一个忙，好不好？”

“突然这么认真的口气，一大早的想吓我啊？”

“借我一点钱，我想要登报。”

“……你登报要干吗？”

“我要找她。”

不知道是不是因为安琪讲得太重，还是乱七八糟的自己终于被吓醒，现在的我，只想照着感觉走。

“你这是在开玩笑吧？之前你不是不愿意这样？”

“我……”

“要不要先出来聊聊再说？”

“我没有开玩笑。”

“你昨天见了谁了你，一下子你好像整个人都醒了似的。”

“谢谢你，阿哲。我逃避了这么久，你还是支持着我。我知道我真的逃避很久了，我不想再逃了。”

“好啦好啦！别一早说那些恶心的，我都快吐了！”

“好！在你的店见。”

捻熄了烟，不知道为什么，当我真正做了这个决定之后，整个人好像终于放下了什么重担般，有一种很轻的感觉，甚至还兴奋地忍不住发抖。

昨天晚上整个混乱的脑子，也像是终于得到了某种安宁一样，静了下来。

深深地吸了一口气，我决定去阿哲那里之前，还有一样东西，我得先去拿回来再说。

离开了旅馆，我刻意让自己不要再去想前一晚的荒唐。

直接骑了摩托车就往那个地方去。

那间书店。

一进了书店，我便询问店员，关于那本留在那里的书的事。

“啊……你等等！我去叫店长出来。”店员一听，便转身进去他们的办公室里把店长给叫了出来。

“你就是那本书的主人吧？把书寄放在这里的人？”

我点了点头道：“真是不好意思，当初竟然麻烦你们这种事……”

“其实，前几天，你给的照片上的女孩有来过！哎呀，不过那个我们注意到的时候，她已经离开了，真的很不好意思……”说着，他便把那本书交给了我。

我听着他说的话，沉默了一下。

又……再一次错过，是吗？

这样听起来会不会太讽刺？

当初的我们是一再地相遇，而现在的我们，却是一再地错过。这代表着什么？我已经无心再去想那个答案。

“没关系，非常谢谢你们。”

转身，我骑上车，飙往阿哲的店。

我真的恨不得现在就让她知道，我……有多想她，还有，我还活着，也一直还爱着她。

**一直把一样东西给忘记了，那就是爱人的勇气，现在我才把它找回来，会不会太迟？**

# Chapter 14

在那一个深深的拥抱之后，我跟店里临时请了个假，便坐上陈先生的车跟着他走了。

一路上我们都沉默着，而他也默默地不发一语，更没有说要带我去哪里。

就这么跟着一个不是很熟的人走了，真的不像我的作风，或许我真的是累了，想要随心所欲一下了吧。

他开了一段路之后，便把车子开往某一个地下停车场去。

停好了车，他说道:“去我家吧，我煮好吃的东西给你吃，没忘记我说过的吧，吃好吃的东西可以让心情变好。”他露出浅浅的笑容说道，跟那一身笔挺的打扮，老实说真的不怎么搭。

跟着他一起坐着电梯进了他家，我才更深刻地了解到，他所说的“我们是一样的”这句话是什么意思。

虽然这里是地段很好的屋子，装潢什么的也都很一流，可是在他打开灯的那一瞬间，安静的几乎没有任何声音的屋子，说明了一种孤独。

一个男人住的简单屋子，没有多余的杂物，只有标准的该有的家具，然而那些家具，却新得像刚买回来一样。

“你……才刚搬来啊？”

“怎么会这么说？我已经自己有住一两年了。”说着，他打开冰箱倒了杯果汁，放在冰箱旁的吧台上。

吧台边有两张高脚的椅子，我选了一张坐下。

“我已经很久没做点像样的菜了，我就用现有的食材认真做一下吧！”他说着，然后笑得很开心。接着转身脱下了西装解开了领带，甚至还穿上一件围兜。

“噗……好怪！”

我忍不住笑出声。虽然，心底另一个自己，觉得自己的笑好假。

“别笑！进厨房本来就该穿上这件。”他不好意思地解释。

就这样，我边喝着果汁，边看着他在厨房里东忙西忙的样子，那一瞬间我真的快要忘记我是谁了，仿佛从踏进这一个家开始，我变成了另一个人，心情也变成了另一种心情。

我们越来越自然地聊着天，他还会讲点笑话逗我开心，吃着他亲手做的料理时，我似乎已经彻底地忘记我是谁了。

也许就因为这样吧，就因为这样，我们自然地吃饭，自然地不小心抱在一起看碟片，自然地进了卧室……

这样的我是不是真的很奇怪？

闭着眼睛的我，出现了这么一个问号。

很怪吧？莫名其妙地跟着一个昨天还被我躲着的人回家，然后自己就像是被控制了般，任由他摆布着，无论他要做什么，我似乎都不会拒绝，也没有疑问……

我是……怎么了？

脑子想到了这里，陌生的嘴唇向我贴了过来，然后在一瞬间，我们一起达到了顶点。

接着，我们躺在床上不停喘着气。

喘气之余，他缓缓说了一句话："住下来吧，工作也辞了吧，跟我在一起，你不需要工作，去做你喜欢的事就好。好吗？"

"我……不知道。"

"我以为你已经接受我了。"他的脸缓缓靠近我，与我四目交会。

"只是这样就算接受你？"淡淡地，我说。

"不然呢？"

他浅浅一笑，轻轻地吻住了我，似乎是想让我忘记了这个迷茫的问题一般。

但，的确，我又迷茫了。

只是，很讽刺的是，我们虽然拥抱在一起，我却一点也闻不到我们的氛围里有所谓的爱。

充其量不过是……像恩宁那样，不，比恩宁他们更没有任何情感一点，我们真的只是互相在取暖罢了，互相解决对爱的渴望，对好多好多的渴望。

突然间明白了他稍早那样做饭给我吃，还特地放了碟片一起看的原因。我们不过是在满足自己，空虚了这么久，只是在满足一直想要再跟过去的情人一起做一些事情的渴望罢了。然后，悲哀地把对方当成了他和她。

就连现在，我的脑子里，也只是把他想成了阿奕的模样……

好可怕啊，好可怕的思念。它渐渐日复一日地侵蚀着我，把我最后一点的灵魂也都操控了。可怕。

而我，却只能再也躲不掉，陷入这份可怕。

次日。

早上一睁开眼睛，我有一点不习惯，突然醒在一个陌生房间里的感觉。

旁边，早就已经没有人，我却不以为意地走进浴室里冲起澡来。

才看见浴室里的竹篮上面，早就帮我准备好了一套换洗的衣物，只是那衣服看起来不像是新买的，拿起来闻了闻，还有某种淡淡的香味。

马上，我就猜出了这衣服原来的主人，是他已经过世的老婆。

犹豫了一下，我才穿着那套衣服走出了浴室，来到客厅，看见他刚好准备完两人的早餐。

“你醒了？正好，快来吃早餐吧。啊……那套衣服还真适合你。”他看见我顿了顿地说。

“嗯。”

“等等要不要顺便载你去你工作的地方辞职？啊，还是打电话吧！”

“快月底了，你知道的，我公司每次快月底的时候总是特别忙……今天得把昨天没做完的份加倍做回来呢！下个月会去美国出差，一起去吧！你不是很喜欢去逛时代广场吗？又可以去了，开心吧！”

叽叽喳喳的，感觉他起来跟昨天的样子更不一样了，边吃着早餐，边像是在自言自语一样地说了一大堆的话，即便我的脸是这样面无表情，他好像都不在意。

“我打电话就好，你就去吧。”随便地应付着，我低下了头。

“嗯！我也是这样想的，快要来不及了，我就先出门了！下班再带好吃的蛋糕回来给你吃，买你最喜欢吃的那一家。”他笑笑说，然后很自然地在我的额头上吻了一下，便匆匆地出了门。

我愣愣地呆坐在餐桌的位子上，吃了一口他做的蛋饼，才发现这里面少了点什么，忘了加盐。

怎么会忘了加呢？

我站起身往放调味罐的地方走过去，翻找了起来，最后只找到一瓶还残有几颗盐巴的瓶子，但整个厨房柜子里却没有盐巴的踪影。

接着我打开了冰箱，更是诧异了一下——因为冰箱几乎可以说是空的，我回想起昨天他说过的话，觉得越来越奇怪。

紧蹙着眉头，我闷闷地把没吃完的早餐给倒掉，顺便清洗了一下之后，很自然地走到客厅，想要看一下电视。

一打开，电视出现的画面不是应该要有的节目频道，而是黑白花纹的画面。

沙沙——

很明显没接上有线的样子。

接着我又想起昨天还是他主动说要看碟片的，而且那部电影少说也是三四年前的，只是我昨天真的没注意这么多。

我关掉了电视。

发呆之余，我瞥见客厅桌子下方似乎放了一沓类似账单的东西。“会是有线忘了缴钱吗？”我喃喃自语着，然后好奇地把整沓东西拿出来看。

前面好几张几乎都是信用卡的催缴单，好几家的，接着随着我一张一张地看，变成了信用卡被银行停卡的通知等等，以及一张因涉嫌挪用公款，遭到公司起诉，并限制出境的单子……

"……"

再往桌子下方翻了翻，又找出几张手机易付卡的储值过的卡片……

"怎么……回事？"

突然，我有一种不怎么好的预感。

脑海又想起了第一次见面的时候，他曾说过自己过去因为妻子过世，而患有精神疾病的事情。

"不会吧……"

可是就目前为止，他给我的感觉都很正常啊，不，是到昨天为止都很正常。早上他开始胡言乱语的时候，我就觉得有点怪怪的了。

我起身走回房间，知道现在应该要先打个电话给恩宁，但我在房间东找西找的，赫然发现我的皮包跟手机都不见了！

我的心跳莫名加速了起来，身体的本能告诉自己，已经嗅到了危险的味道。

我是不知道有精神疾病的人到底会怎样，可是他的这些举止都太奇怪了，而且他还把我的手机跟皮包给拿走……

转身，正当我准备先离开这鬼地方再说的时候，他回来了。

一走进屋的他，马上就看见散落在客厅沙发上的一堆账单，然后又看了看我。

"你看我多健忘，公司重要的资料忘了拿就想去上班，真是的……"

他依然笑笑地说道。

我不发一语地看着他。

“怎么了？怎么我才出去一下你的脸色就不太好？”他慢慢地靠近我，而我本能地跟着退后。

“我的手机呢？我的皮包呢？”

“干吗突然问这些？你问这些，是代表着你要离开的意思？”

他的表情渐渐冷了下来。

“对。”

“连你……也要离开我？”

“……”

“连你！也要离开我！”他的情绪几乎是失控了，可是在那瞬间我突然不害怕了。

因为，我清楚地听见，他的怒吼声竟然是那样的哀伤。

“你还要自欺欺人到什么时候？”我淡淡地说，看着他的眼睛说。

“不准走！你听见没有！没有我的允许，你不准走！”他很用力地抱住了我，双手几乎紧得我快要喘不过气。

我勉强发出声音说道：“真正彻底活在过去的人，是你不是吗？我不是她，看清楚一点，我不是她！”

几乎就这样僵持了有十多分钟吧，他才松开双手，整个人瘫软地坐在地上，掩面痛哭着。

而我，也还隐约感觉到自己的两边手臂正刺痛着。

一个男人，几乎绝望地哭着，在这充满了空荡的屋子里，我知道，他的人也跟这间屋子一样，被掏空且只剩下壳。

被可怕的思念掏空。

它操控了深陷在其中的人们，夺走了我们最后的意识，让我们因为思念，做出很多连自己都不知道的傻事。

比如他，比如我。

比如——总是不公平的命运带给我们的爱情。

“不要走……”

他伸出一只手抓住我的左脚，说：“再一下就好，至少让我现在不是一个人。”他用着沙哑低沉的声音，恳求着我。

瞬间，我跟着鼻酸了。

“记得，等等把手机还有皮包还给我。”我蹲在他旁边，淡淡地说。

**曾经试图要从别人身上，复制一个像你的温暖，才发现——那只会让自己，更深陷思念的泥沼罢了。**

好久好久没来阿哲的店了。

当我坐在那曾经熟悉的位子上时，过去的好多好多记忆，涌上心头。

我点了她爱喝的咖啡，还有她爱吃的小蛋糕，就这样让它们摆在我的面前，静静地看着。

“你一早来这装忧郁型男想要骗谁啊！”不一会儿，阿哲的声音传来，他在我的对面坐了下来。

“不行吗？可是你叫我来的。”我白了他一眼。

“哼！还不是某人一早打给我拜托我事情，我才会约在这的。”

“你以为我在跟你开玩笑？”

阿哲看我了一眼，总算收起玩笑的脸，认真地说道：“你，是来真的？”

“你觉得呢？”

“不后悔？”

“当然。”

“就算我是高利贷？”

“再吵我就打爆你的头！”

“哈！好啦，我已经约了之前认识的报社记者朋友，等等跟她讨论一下，应该就知道怎么做了。至于——钱的话，你慢慢还吧。”阿哲随兴地说着，还拿起我点的咖啡喝了一口。

“那是我的。”

“不，这是你点给她的，我只是代替她喝。”

“……别逼我真的在这里揍你。”

阿哲笑了一下，然后我也跟着和缓地露出微笑。

半个多小时后，阿哲说的那位记者朋友来了。

是一个身上散发着跟安琪一样的女强人气味的女性，直长的褐发披落在肩膀上，有另一种知性美的感觉。

“小央，我替你介绍，这位是我的损友，阿奕，这位是美女记者，小央。”阿哲以损友的身份介绍我，我马上就瞪了他一眼。

“你好，这是我的名片。”她礼貌地对我点了个头，还递出名片。我看着名片上面，她的本名叫作李央真。

一坐下，阿哲就开始大概说了一下我想要拜托的事情，问说这样若要登一个全版或者半版的版面，大概要多少钱之类的。

“我可以问一下吗？她是失踪了，还是？”像是基于记者的本能，她发问。

我这才简短地叙述了一下我跟她到现在的经历，以及为什么要找她的原因。

“你真是比阿哲还要绝种。”在听完之后，她说话直接地道。

“呃……谢谢。”

“这并不是称赞，别误会。”个性有点古怪，她冷冷地说道。

正当我尴尬得不知道该怎么接才好时，她又说道：“不过光是登报效率还是太慢了，我这边有侦探事务所的渠道，可以马上请他们帮你找找这女生的资料。

“只要这段时间，她都有工作的话，那记录便是有迹可循，不用一天就可以找到，再加上登报的优势，我想三天内是可以搞定，如何？”或许是职业的关系，李小姐说起话来有条有理的，连判断都感觉非常的专业。

“我没介绍错人吧？小央可专业呢！”

“我怎么不知道你什么时候认识了这样一个美女记者？”

“都让你知道的话，我还用混吗？”

“哼！”

李小姐在这时突然小声地笑了，说：“你们还真有趣。”

看见她笑了，我突然觉得气氛也不是那么紧绷了，不然到刚才为止，我都一直战战兢兢的，好像在面试一样。

“那么，就照你说的，麻烦你联络了，非常谢谢你！”

“我可以问你一个问题吗？”她沉默了一下，才说。

“啊？”

“如果见到她了，你第一句想说的话，会是什么？”

“我第一句想说的……”会是什么？

我缓缓地低下头，目光不自觉地瞟到那一口都还没吃的她最爱的蛋糕上。

画面，很自然地想到了以前常常让她等我的样子……

“对不起，我迟到了。”我脱口而出地说。

李小姐的瞳孔瞬间瞪大了一下，感觉像是有什么情绪要从她那防备的外表挣脱而出，却又被克制住。

“真好呢，真羡慕你们。”

她淡淡一笑说：“一有消息，我会马上告诉阿哲，叫他跟你联络。就这样。”一说完，她就起身走人。

我跟阿哲目送着她离开之后，阿哲才说：“知道我为什么找她吗？”

“为什么？”

“因为，某种程度上，她也在找人。刚认识她的时候，她就有跟我说，她是为了找一个人，才会当记者的，才会想要让自己的名字发光发热，有一天让那个人看到。所以，我知道她一定会帮你，一定会。”

我听阿哲说着，然后又回想了刚刚她那眼底波动的情绪，有一点点鼻酸，以及感受到她那好深沉的寂寞。

“这样啊……”

**如果见到你，最想说的是——对不起，我迟到了，然后是我爱你。**

# Chapter 15

过了好久好久。

等到陈先生总算冷静下来的时候，已经过了一两个小时。

我看着他走到厨房水槽边，用冷水洗了好几遍脸，吸口好长好长的气，吐出。总算冷静了。

“喂，至少把皮包给我，让我出去买个咖啡吧？”我说。

他转过头，看了我一眼。

“别这样，好吗？虽然我不可能真的永远陪在你旁边，可是现在，我不会走的，但是明天一定要走，不然我真的会丢饭碗了。”

“那你明天走了以后……”

“还会是朋友的，你随时都可以打给我，嗯？”

看着他的脸似乎还想再说什么，我又补充了一句：“但是，不是可以超过友情的朋友。”

他一听，轻轻地笑了，说：“如果你愿意这样把我当朋友，那么我也不应该还藏着你的东西，你是自由的。”

“自由啊……”不知道为什么，听着这两字，让我有一种感伤的感觉。我还没有给自己自由呢。

此时他低下身子，翻找着厨房下方的柜子，这才把我的手机和皮包拿了出来，递到我面前。

“你回去吧。你已经陪我够久了，也够多了。”

“钥匙呢？”

“什么钥匙？”他一听，愣了愣。

“你家的钥匙啊！不然等等我买了咖啡和饭，要怎么进来？”

“你……”

“快点，我很饿，也很渴了。”

抬起头看着他，我看见他的眼眶又红了。

我白了他一眼，说：“别像个娘娘腔一天到晚都哭嘛，真是的。”

“对不起……只是我……”

我知道，你想说的是，只是你现在太脆弱了，任何一个人对你好一点，就会忍不住哭起来。我何尝不是也这样过？

跟他拿了钥匙，我便走了出去。搭电梯的时候，我稍微闭上了眼睛，好缓解整个早上到现在的疲惫。

我想我真的是在同情他。怎么忍心呢？在那样的状况下，他像是紧抓住一个浮木般抓着我，求我不要走的样子，任谁看了，都会不忍心吧。

过去，有多少个夜晚我也都这么希望着——自己不要再一个人了不想再一个人了，也不想再思念谁了……

讨厌每次做了噩梦起来的夜晚，讨厌每次失眠的夜晚，讨厌整个世界都在提醒自己，被丢下成了一个人的夜晚。

那种心情，恩宁不会懂，我想现在只有陈先生……比较懂吧。

看着他仿佛看着自己，我实在没有理由丢下他。

走出大楼，我草草买了两个便当两杯超市的咖啡之后就回去他家了。

回去时，我打手机一看，想说要先打电话给恩宁报平安的，却发现手机早已没电。

“不会是被恩宁狂打电话打到没电的吧？”糟糕，若真是这样，她不就会很担心？

要不要先回去家里拿充电器呢？

摇了摇头，依现在这种情况，我要是离开太久，他又会开始胡思乱想了吧……

叹口气，我只好先回去他家，一打开门，坐在客厅沙发上发呆的他，一见到我回来了，那表情似乎真的很开心。

“欸，我问你，你的朋友呢？你的状况这样，怎么可能没有好朋友关心你？”

他一听，表情又冷了下来。“朋友？根本就不会有那种东西……”

边打开便当，我又问：“那么，我是第几个？”

“你……怎么会这么问？”

“你一定不是第一次这样了……”

“对不起，吓到你了吧？”

我摇摇头道：“去自首吧，我说真的，好好让自己乱了序的人生，慢慢地重新组起来……这才是她最想看见的你吧？”

“我……不知道。”

“慢慢来，没有人一下子就会知道的。像我，我也不知道，现在该怎么把过去好好做一个整理，我们一起努力吧。”我努力露出一个微笑，只希望这样能让他感到安心。

他一手端着便当，一边看着我，沉默了。

“怎么了？”

“你笑起来跟她好像，或许就因为这样我才会……才会……对不起，等等吃完你还是走吧。不然我可能又会想对你……对不起！”他有一点混乱地说着，然后放下便当跑进房间去，用力地关上了门。

我叹口气，真的不知道该怎么帮助他才好了。

默默地，我一个人把便当给吃完，而他还是不愿意从房间出来，去敲了敲门，他也只说叫我快点走。

我不会怪他的情绪化，我也有过的。

这时我才慢慢地体会了，当初恩宁陪在我身旁的感觉竟然是那样无力，当她看着我陷入死胡同里走不出来的时候，她的无力感肯定也是这样的吧。

我走回客厅，找出笔跟纸，写下一些话给他，也告诉他随时欢迎他打电话给我之类的。

写完之后，当我准备要走人时，他的声音很大声地从房间里传出来。

“等我……等我把病治好，把在之前公司犯下的罪给赎完……你，我可以喜欢你吗？”

我一听，忍不住地笑了。

“笨蛋！那个时候啊，你就不会觉得我的笑容很好看了，因为你到时一定变得很清醒了。”

“是吗？……”

关上他家的门，我抿抿唇——衷心地希望他能过得好，能够慢慢地让自己过得好。

只是，有一种莫名的惆怅感，或许情绪多少都被感染了吧。想到昨天早上，我还在人家的怀里哭呢……

搭上了出租车，当司机问我要去哪儿时，我竟然有些犹豫了，然后连我自己也不敢相信，我听见我说要去那个公园。

坐上出租车，应该要回家赶快充电，好让恩宁不要替我担心的，可是我又任性了。

最后一次就好，放纵我今天最后一次的任性之后，我一定会——努力地，从过去挣脱出来。

只要让我今天遇见那个人就好，那个总是会默默倾听别人的神秘人，我想我跟他说完之后，我一定也能毫无顾忌地，往前走的。

“小姐，你说的那个公园是不是前面那条路的那个？”司机先生问道。

“嗯。”点了点头。

不一会儿我便付了车钱下车，目光马上就在公园到处扫视着……

“又没来是吗？”到底是我跟他太无缘，还是命运还不想让我就这样离开过去？

我慢慢地，像好久好久之前的我一样，再一次在这公园的周围，散步。

那就等吧。

天还没有黑，说不定等一下就出现了。

我好像已经发呆很久了。

昨天见过李小姐之后，就在两个小时前阿哲打电话来，然后让我抄下了一组电话号码，他说，那是她现在使用的电话号码。

然后，我就对着那张纸那组号码不自觉地发呆了好久。

手上的烟几乎不离手，一根接着一根，短短一两个小时，屋内早已充满了浓浓的烟味，甚至熏得我自己的眼睛都有点不舒服。

“现在的你在干吗？听到我的声音会怎样？”太多太多的问号了，我甚至不知道她接起来的那一瞬间，我该要说些什么才好……

李小姐还要阿哲转达给我说，她现在工作的地方是——机场咖啡厅。

“你怎么还是一样的……傻呢？”我喃喃自语着，那一瞬间我真的不知道该说什么才好。

她在那里工作，不就很明白地代表了一件事吗？那么我还在怕什么？犹豫什么？好不容易下定了决心，在紧要关头的时候我又却步了吗？

捻熄了烟，我没有再接着点上一根，而是拿起手机，颤抖地慢慢按下那组号码，然后拨出——

“对不起，目前该用户关机中，请稍后再拨。”

“呃……”我愣愣地挂断了电话，莫名的因为听到是关机而松了一口气。

起身打开家里的窗户，试图让那弥漫的烟味散去，看着外头的阳光，我忍不住想着她去机场咖啡厅工作的事……

“矛盾……明明却步了，却又恨不得现在就见到你……可恶！烦死了！”

受不了这样优柔寡断的自己，我随手拿起了外套跟钥匙，决定跑一趟机场咖啡厅！什么怕不怕的，明天报纸就会登个半版的寻人启事了，我还怕？

骑上摩托车，当时速往上增加，离那儿越来越近，我的心跳就加快了起来。

虽然不知道她今天到底有没有上班，但若不去一趟看看，那焦躁的心情也不会停止吧。

骑了大约半个小时的车程，总算到了那间机场咖啡厅，我在停车场停好车后，稍微平复心情，站在了门口。

“该说什么？不！什么都不要说是最好的解释吧？不！还是得说点什么……”我一个人边徘徊边喃喃自语着。

就在这时，一个人影愣愣地站在我面前，抬起头，我对上了那个人诧异的表情。

“你……”

“你……是恩宁对吧？”

“我的天啊……”她的表情已经快要从诧异升级成昏厥了。

“冷静！我是人！真的是人！”说着，我赶紧抓住她的手，让她感觉我的手是暖的。

她这才慢慢地将情绪努力克制下来。

“你……你……”

“先不要说话，你先冷静一下。”我扶着她往旁边的小石阶坐下来。

过了十多分钟，她才重新正视我的脸，很认真地盯着看着。

“这是……怎么回事？”

我这才娓娓地把所有的状况说了一遍。

“所以，她呢？小祈呢？”说完之后的我问。

“有没有烟？”恩宁脸色不是很好看地问。

“我不知道你会抽烟。”

“小祈也不知道，我只有情绪太烦太乱，太不知道该怎么办的时候才会抽。”

我点点头，递给了她一根。

看着她听见我问起小祈时的反应是这样，我开始有了不好的预感，很……害怕的预感。

“怎么……会这样呢？”恩宁在吸了好几口烟之后，缓缓说。

“她怎么了吗？是不是出了什么事？我……我有拿到她的电话，刚刚打过，是关机……”

“我知道，我也打过了。”

“那……”

“老实说，如果不是你本人亲自出现在我面前，我还真不相信有这么扯的事……只是啊，你真的……迟了一步，就一步。”

“……什么意思？”

“昨天，我看见她跟一个男人走了，那个人我还不知道是谁，只知道她昨天跟着他走了之后，到现在都还没跟我联络，原本我有打电话给她，可是都没接，到最后变成了关机。不过我想她应该没有危险，这点你不用……担心。”

怔怔地，我听着她讲，然后我却不知道该怎么说话了。

“她一直在等你，我一直说她傻，死了的人，等……等什么？也许她早就感觉到，你还活着吧……只是……怎么会这样呢？都这么久了，就差一步而已，她却放弃了……”恩宁说着，连她都鼻酸了起来。

我什么话也没说地起身，走人。

“你要去哪里？”

背对着恩宁，我不想让她看见，看见我的脸上早就满脸是泪的样子。隐藏住哽咽的我说：“回家……回……曾经是我们的家。”

骑上了摩托车，我用和来时一样的速度，逃着。

全身莫名地颤抖着，是太冷的关系吧……是……太悲伤的关系吧。

你觉得，缘分是什么？

可怕的缘分，终究没再给我一个机会。

你迟了一步。

“对不起——我迟到了，对不起——让你等了，对不起——只是……”可不可以，再给我一次机会……

骑着车，我在市区到处乱晃着，不停地狂飙再狂飙，好像以为这样我就可以忘记刚刚恩宁告诉我的话。

直到傍晚，空气也越来越冷了，我才往家的方向骑。

经过了公园，忍不住地，我停了下来。过去总是在这里安慰别人也安慰自己心灵的地方，好像，是我唯一能去的地方了……

夕阳西下了，冬天的太阳总是离开得特别早。

我想等的那个神秘人终究没有出现，或许我真的跟他无缘吧。

转身，坐上了我打电话叫来的出租车。我感觉自己全身真的好疲惫。

“回家吧，恩宁一定还在等我的电话。”

回到了家，我马上把手机给插上了充电器开机，一开机就马上有未接的自动提示传了过来。

恩宁的号码打了起码好几十次，以及还有另一组不认识的电话打了一次。

我下意识先打给了恩宁。

“我的老天啊！你总算回电话了！你在哪里？”恩宁的口气似乎很焦急。

“我……我在家，怎么了？”

“你去哪了你？”

“去帮助一个朋友，就是那个男的……”

“朋友？你说他是朋友？不是男朋友？”

“对啊，而且应该不会再见面了，我的任务达成了。”

“……看我又做了什么，我的天！”

“你到底怎么了？从刚刚你感觉就怪怪的。”我轻蹙了眉头，感觉今天的恩宁是不是担心过了头？

“小祈，你听我说，安安静静地，听我说。”

“什么啦……”被她弄得连我都紧张了起来。

“他……那个阿奕……来找过你了。”

“……恩宁，你没事为什么要开这么不好笑的玩笑？”

“我没有开玩笑！他没有死……他回来了，来找你了……然后……我跟他说……说你昨天跟一个男人走了……说他……迟了一步。”

空白。

我仿佛感到一声雷用力地打在我头上的感觉。

恩宁短短的一句话，包含了太多东西，瞬间让我无法负荷。

喉头也像是卡了什么东西般，让我当下说不出话来。

“你有在听吗？对不起，我知道你现在反应不过来……听我说，他还住在那里，住在你们以前一起住的家，我能说的就这么多了，你……好好冷静吧。”恩宁丢了一大堆东西给我，就挂了电话。

片刻才感觉到，我的手已经抖得很厉害了，也才发现，眼泪已经流得乱七八糟了。

“什么……”

没有死？来找我？还住在那？

怎么会……

“不可能吧？开玩笑的吧？这是一个玩笑吧……是吧……”我语无伦次地喃喃自语着，全身颤抖，不知如何是好。

下一秒，无法控制自己，我已经冲了出去！

已经没办法好好骑摩托车的我，随手拦了一辆出租车，我嘴唇边抖边报出过去那间屋子的地址……

想起了前阵子还跑去那间屋子门口的我，心想，会是吗？那个时候住在里面的人就是你吗？怎么可能呢……怎么会呢……

克制不住的我一直哭着，甚至已经哭得快要喘不过气来了，出租车司机还关心地问我要不要先去医院。

“不用……不用……你快点，快点开到那里。”

等到车子真的开到那间公寓楼下时，我却脑袋空白了起来。

愣愣地下了车，我盯着公寓看。

太突然了，这一切。

我……还没办法现在马上就去面对。

努力地不断吸气吐气，我慢慢地往其他地方走。“冷静……冷静一点……冷静。”

# 结　局

公园在天黑了之后，竟然这么暗。

我拿出原本想要亲手交给小祈的那本书看着，虽然光线不足，看不清楚上头的字，但她说过的话却历历在目。

“慢了一步，是吗？”

但是，我努力过了，真的鼓起勇气去努力过了，只是太迟了。

想要点根烟来抽，却发现烟盒空空如也，这让我的心情更加郁闷了起来。

她现在在做什么呢？应该……已经重拾笑容了吧，等我等了这么久，痛苦了这么久，我想这样也不坏。

只是突然有点想不起来了，她的笑容，到底有多美呢？

咯吱咯吱——

身旁，有人踩到了树叶，发出明显的声音，我仍旧低着头，看着那本书的封面，不想让人发现我的脸有多寂寞，多孤独。

没想到，那人竟然在我旁边坐了下来。

——这么晚了，竟然还可以吸引到人想要坐到我旁边说话，可是现在的我，心情也很差……

"原来是你，在这里专门倾听别人说话的人，原来是你。"

那一秒，我几乎觉得时间好像暂停了。

因为那声音——那声音是那样的熟悉，是那样让我……思念。

"你还……留着那本书啊。"

滴答。

眼泪，不小心滴到了书上，我一直不敢抬起头。

"你觉得，缘分是什么？"干涩的嗓子，缓缓地挤出一句话来，最想——问问她的话。

"是让我……再次……遇见你。"

终于，我抬起头，紧紧地盯着她，不敢相信地盯着她。

我看着她也在流泪，但脸上却露出了那让我几乎忘记的笑容，思念了多少个夜晚的笑容。

**“——对不起，我迟到了。”**

**“不是你，是缘分迟到了。”**

**——全文完**

# 后　记

记得，写这个故事的时候，是某个冬天。

很冷的冬天，那时，还没买电脑桌的我，总是很冷地坐在折叠椅上，边发抖边写着小说。

而写这个故事的缘由，大概是因为那一阵子身边的一个好友面临感情难题，每次听着她哭诉，这个故事就这么慢慢在脑海中成形了。

虽然，有悄悄地放了一点点属于她的小故事在里面，但很可惜的是，小说终归只是小说，替她在小说里轻描淡写了影子，并给了她一个笑容，现实中，却不一定会这么老实地发展。

但，很玄也很妙的是，这个小说，却仿佛成了自己的预言书。

在写完这个故事没多久后，现实中的我，像是成了阿奕的影子似的，同样也被人遗弃在一间小套房里。

同样，每天面对着屋内拥挤的回忆，很痛苦地度过每一天。

曾经，我也像阿奕一样，丧失了希望，每天浑浑噩噩的，我怎么也没想到，有一天还真的能回到从前。

所以，现在的我很珍惜每一天，当然也不会想要再写一些太接近自己生活的故事了，免得又自己诅咒自己。

但是，我也明白了一件事，幸福是不可能永远的，只是，当我们面对幸福的离开，是否有办法坚强地笑着说再见？

我做不到，即使我总在小说里写得冠冕堂皇——因为，我也只是一个会为了爱情宁可遍体鳞伤也无所谓的普通人。